BESTSELLER

[!]

Melissa Panarello (1986) nació en Catania, Sicilia. Siendo estudiante de bachillerato publicó, con 16 años, su primera novela, *Los cien golpes*, un éxito editorial casi sin precedentes en su país. La novela ha sido traducida a varios idiomas y su andadura de éxitos se ha repetido en los países en que ha sido publicada.

MELISSA P.

Los cien golpes

Traducción de
Juan Carlos Gentile Vitale

[] DeBOLS!LLO

Título original: *Cento colpi di spazzola prima di andare a dormire*
Diseño de la portada: Departamento de diseño de Random House Mondadori
Fotografía de la portada: Melissa P., por Gabriele Rigon, 2003

Primera edición: abril, 2005

Printed in Spain – Impreso en España

ISBN: 84-9793-622-1
Depósito legal: B. 9.908-2005

Fotocomposición: Comptex & Ass., S. L.

Impreso en Novoprint, S. A.
Energia, 53. Sant Andreu de la Barca (Barcelona)

P 836221

A Anna

2000

Diario:

Escribo en la penumbra de mi cuarto tapizado por las estampas de Gustave Klimt y los pósters de Marlene Dietrich. Ella me atisba con su mirada lánguida y soberbia mientras garabateo la hoja blanca sobre la que se reflejan los rayos del sol, apenas filtrados por las rendijas de las persianas.

Hace calor, un calor tórrido, seco. Oigo el sonido de la televisión encendida en la otra habitación y me llega la vocecita de mi hermana, que entona la sintonía de un programa de dibujos animados americano; fuera un grillo chilla su despreocupación y todo es tranquilo y apacible dentro de esta casa. Parece que todo estuviera encerrado y protegido por una campana de cristal finísimo y el calor hace más pesados los movimientos. Pero dentro de mí no hay calma. Es como si un ratón me royera el alma de una manera tan imperceptible que incluso parece dulce. No estoy mal, ni bien; lo inquietante es que «no estoy». Pero sé dónde encontrarme: basta levantar la mirada y reflejarla en el espejo para que una calma y una felicidad benigna se apoderen de mí.

Me admiro ante el espejo y me quedo extasiada por los contornos que se van delineando poco a poco, por los músculos que toman una forma más modelada y segura, por los senos que comienzan a advertirse debajo de las camisetas y se mueven suavemente a cada paso. Desde pequeña, deambulando cándidamente desnuda por la casa, mi madre me ha habituado a observar el cuerpo femenino, por eso para mí no son un misterio las formas de una mujer adulta. Pero, como un bosque inextricable, el vello esconde el Secreto y lo oculta a los ojos. Muchas veces, siempre con mi imagen reflejada en el espejo, introduzco despacio un dedo y, mirándome a los ojos, me enfrento a un sentimiento de amor y de admiración por mí misma. El placer de mirarme es tan grande y tan fuerte que de pronto se vuelve un placer físico, que llega con un cosquilleo inicial y termina con un calor y un estremecimiento nuevos, que duran pocos instantes. Después viene la vergüenza. Al contrario que

Alessandra, nunca me entrego a fantasías mientras me toco. Hace algún tiempo me confió que se tocaba y me dijo que en esos momentos le gusta pensar que un hombre la posee por la fuerza y con violencia, como para hacerle daño. A mí me asombró porque para excitarme me basta con observarme. Me preguntó si yo también me tocaba y le dije que no. No quiero destruir este mundo de algodones que me he construido, es un mundo mío, cuyos únicos habitantes son mi cuerpo y el espejo: responder que sí a su pregunta habría sido traicionarlo.

Lo único que me hace sentir verdaderamente bien es esa imagen que contemplo y que amo. El resto es ficción. Mis amistades son falsas, nacidas del azar y criadas en la mediocridad, nada intensas... Son falsos los besos que tímidamente le he regalado a algún chico de mi colegio: apenas apoyo los labios, me invade una especie de repulsión y saldría escapada, lejos, cuando siento que su lengua torpe trata de colarse en mi boca. Es falsa esta casa, tan distinta a mi estado de ánimo en este momento. Querría que todos los cuadros se desprendieran repentinamente de las paredes, que por las ventanas entrara un aire gélido y aterrador, que los aullidos de los perros remplazaran el canto de los grillos.

Quiero amor, diario. Quiero que mi corazón se libere y ver las estalactitas de mi hielo hechas pedazos que se van a pique en el río de la pasión, de la belleza.

8 de julio
8,30 de la tarde

Alboroto en la calle. Carcajadas que llenan este sofocante aire estival. Imagino los ojos de los chicos de mi edad antes de salir de casa: encendidos, vivos y ansiosos ante la perspectiva de una noche divertida. Pasarán la velada en la playa entonando canciones acompañados por una guitarra; unos se apartarán del grupo, allí donde la oscuridad lo cubra todo, y se susurrarán palabras infinitas al oído. Otros, mañana, nadarán en el mar calentado por el sol matutino, misterioso, guardián de una vida marina desconocida. Vivirán y sabrán cómo administrar su vida. OK, de acuerdo, también yo respiro, biológicamente todo está en orden... Pero tengo miedo. Tengo miedo de salir de casa y encontrarme con miradas desconocidas. Lo sé, estoy en perenne conflicto conmigo misma: hay días en que estar con los demás me ayuda, lo necesito de manera imperiosa. Otros días lo único que puede satisfacerme es estar sola, completamente sola. Entonces echo desganadamente a mi gato de la cama, me tiendo boca arriba y pienso... Quizá hago sonar algún CD, casi siempre música clásica. Y me siento bien con la complicidad de la música y no necesito nada.

Pero este alboroto me está destrozando, sé que esta noche alguien vivirá más que yo. Mientras, yo permaneceré en este cuarto escuchando el sonido de la vida; lo escucharé hasta que me abrace el sueño.

10 de julio
10,30

¿Sabes qué pienso? Pienso que quizá fue una pésima idea empezar un diario... Sé cómo estoy hecha, me conozco. Dentro de algunos días olvidaré la llave en alguna parte, o tal vez dejaré voluntariamente de escribir, demasiado celosa de mis pensamientos. O quizá (no es inverosímil) mi indiscreta madre mirará a hurtadillas entre las hojas y entonces me sentiré estúpida y dejaré de contar.

No sé si me hace bien desahogarme, pero al menos me distraigo.

Diario:

¡Estoy contenta! Ayer estuve en una fiesta con Alessandra, altísima y delgada, como siempre encaramada en sus tacones, hermosa como siempre y, como siempre, un poco tosca en sus modales y movimientos. Pero afectuosa y dulce. Al principio no quería ir, en parte porque las fiestas me aburren y en parte porque ayer el calor era tan sofocante que me impedía hacer nada. Pero entonces me rogó que la acompañara y la seguí. Llegamos a las afueras cantando en la moto, rumbo a las colinas que fueron verdes y exuberantes y que la sequía estival ha vuelto secas y mustias. Nicolosi celebraba su fiesta grande en la plaza y, en el asfalto tibio de la tarde, había muchos puestos de caramelos y frutas secas. El chalet estaba al final de una callejuela mal iluminada. Una vez llegadas delante de la cancela, ella se puso a gesticular con las manos como si quisiera saludar a alguien y llamó a voz en cuello: «¡Daniele, Daniele!».

Él se acercó con pasos muy lentos y la saludó. Parecía bastante guapo, aunque la oscuridad apenas permitía distinguirlo. Alessandra nos presentó y él me estrechó la mano débilmente. Susurró bajísimo su nombre y yo le sonreí, pensando que era un poco tímido. Entonces hubo como un resplandor muy claro en la oscuridad: eran sus dientes, de una blancura y un brillo asombrosos. Entonces, apretándole la mano con más fuerza, dije en voz demasiado alta: «Melissa». Quizá no haya advertido mis dientes, no son tan blancos como los suyos, pero quizá haya visto que mis ojos se iluminaban y brillaban. Una vez dentro, me di cuenta de que a la luz era todavía más guapo. Iba detrás y podía ver los músculos de los hombros que se le movían a cada paso. Me sentía pequeñísima con mi metro sesenta y también me sentí fea comparada con él.

Cuando por fin nos sentamos en los sillones de la sala, él estaba frente a mí y sorbía despacio la cerveza con los ojos clavados en los míos: en aquel momento me avergoncé de los granitos que me han salido en la frente y de mi piel demasiado clara comparada con la suya. Tiene la nariz recta y proporcionada, y eso lo hacía parecer a algunas estatuas griegas, y las venas marcadas de las manos le daban un vigor fuera de lo común. Los ojos, grandes y de un azul oscuro, me miraban altivos y soberbios. Me hizo muchas preguntas, aunque siempre subrayando su indiferencia por mis respuestas. Y esto, en vez de desalentarme, me hizo más fuerte.

No le gusta bailar, y a mí tampoco. Así que nos quedamos solos mientras los demás se desenfrenaban, bebían y bromeaban.

Se hizo un silencio al que quise poner remedio.

—Bonita casa, ¿verdad? —dije, simulando seguridad.

Se encogió de hombros y, como no quise ser indiscreta, me quedé callada.

Entonces llegó el momento de las preguntas íntimas. Cuando todos estaban entretenidos en bailar, se acercó aún más a mi sillón y comenzó a mirarme con una sonrisa. Yo estaba sorprendida y encantada, esperando algún gesto suyo. Estábamos solos, en la oscuridad, a una distancia muy favorable. Entonces, la pregunta:

—¿Eres virgen?

Se me subieron los colores, sentí un nudo en la garganta y un ejército de alfileres pinchándome la cabeza.

Respondí con un «sí» tímido y enseguida desvié la mirada hacia otro lado para rechazar esa inmensa vergüenza. Se mordió los labios para reprimir una carcajada y se limitó a toser un poco, sin pronunciar ni una sílaba. En mi fuero interno, los reproches eran enérgicos y violentos: «¡Ahora ya no te tendrá en cuenta! ¡Idiota!». Pero en el fondo, qué más podía decir, ésa es la verdad, soy virgen. Nunca me ha tocado nadie, aparte de mí misma, y eso me enorgullece. Pero tengo curiosidad, mucha curiosidad. Sobre todo, de conocer el cuerpo masculino desnudo, porque nunca me han permitido verlo: cuando en la televisión transmiten escenas de desnudo, mi padre se apresura a coger el mando a distancia y cambia de canal. Y, cuando este verano me quedé toda la noche con un chico florentino que estaba de vacaciones aquí, no me atreví a poner la mano en el mismo sitio en que él ya había puesto la suya.

Y tal vez, el deseo de sentir un placer provocado por alguien que no sea yo, de sentir su piel contra la mía. Y en último término, el privilegio de ser, entre las chicas de mi edad que conozco, la primera en tener relaciones sexuales. ¿Por qué me ha hecho esa pregunta? Aún no he pensado en cómo será mi primera vez y muy probablemente no lo pensaré nunca, sólo quiero vivirla y, si puedo, tener para siempre un recuerdo hermoso, que me acompañe en los momentos más tristes de mi vida. Pienso que podría ser él, Daniele; lo he intuido por algunas cosas.

Ayer nos intercambiamos los números de teléfono y durante la noche, mientras dormía, me ha mandado un mensaje que he leído esta mañana: «Lo he pasado muy bien, eres muy mona y quiero volver a verte. Ven mañana a casa, nos bañaremos en la piscina».

Estoy perpleja y desconcertada. El impacto de lo que hace unas horas me era desconocido ha sido bastante brusco, aunque no del todo desagradable.

Su finca de verano es preciosa, rodeada por un jardín verde y por innumerables macizos de flores coloridas y frescas. En la piscina azul brillaba el reflejo del sol y el agua invitaba a zambullirse, pero yo precisamente hoy no he podido porque la regla me lo ha impedido. Debajo del sauce llorón miraba a los demás, que se zambullían y jugaban, mientras yo estaba sentada a la mesita de bambú con un vaso de té frío en la mano. Él me miraba sonriente de vez en cuando y yo hacía otro tanto, contenta. Luego lo vi trepar por la escalerilla y venir hacia mí con las gotas de agua deslizándose, lentas, por su torso reluciente, mientras con una mano se arreglaba el pelo mojado y salpicaba de gotitas todos los rincones.

—Qué pena que no puedas divertirte —dijo, con una expresión ligeramente irónica.

—No hay problema —respondí—, tomaré un poco el sol.

Sin decir nada, me aferró una mano mientras con la otra cogía el vaso frío y lo apoyaba sobre la mesa.

—¿Adónde vamos? —pregunté riendo, pero un poco recelosa.

No respondió y me condujo por una escalerilla de diez peldaños hasta una puerta, cogió unas llaves de debajo del felpudo e introdujo una en la cerradura, mientras me miraba con ojos socarrones y brillantes.

—Pero ¿adónde me llevas? —pregunté; el mismo recelo en mí, pero ahora bien escondido.

Otra vez, la callada por respuesta y un esbozo de risotada. Abrió la puerta, me tironeó hacia dentro y la cerró a mis espaldas. La habitación era oscura, apenas iluminada por los rayos que se filtraban por las rendijas de las persianas, y calurosa. Me apoyó contra la puerta y me besó apasionadamente, haciéndome saborear sus labios de fresa, de un color muy parecido al fruto. Apoyaba las manos en la puerta y los músculos de sus brazos estaban tensos, podía sentirlos, vigorosos, en la palma de mis manos que los acariciaban y los recorrían del mismo modo en que los duendes recorrían mi cuerpo. Luego me cogió por las mejillas, se apartó de mi boca y me preguntó quedamente:

—¿Te apetecería hacerlo?

Me mordí los labios y le dije que no, porque mil miedos me invadieron de pronto, miedos sin rostro, abstractos. Hizo más presión con las manos sobre mis mejillas y con una fuerza que quizá él quería traducir, en vano, en dulzura me fue empujando cada vez más abajo, mostrándome bruscamente al Desconocido. Ahora lo tenía delante de los ojos, olía a hombre y cada vena que lo atravesaba expresaba tal potencia que me pareció obligatorio ajustar las cuentas con ella. Entró presuntuoso entre mis labios, haciendo desaparecer el sabor a fresa que aún los impregnaba.

Luego, de repente, hubo otra sorpresa y me encontré en la boca un líquido caliente y ácido, abundante y denso. Mi sobresalto ante este nuevo descubrimiento le provocó un ligero dolor, me aferró la cabeza con las manos y me empujó hacia él con más fuerza. Su respiración era afanosa y hubo un momento en que creí que el calor de su aliento llegaba hasta mí y me quemaba. Bebí ese líquido porque no sabía qué hacer con él, y mi esófago se quejó con un ligero rumor del que me avergoncé. Mientras aún estaba de rodillas, lo vi bajar las manos y, creyendo que quería alzarme el rostro, sonreí; en cambio, se tiró hacia arriba el bañador y oí el ruido del elástico que golpeaba contra su piel mojada de sudor. Entonces me levanté sola y lo miré a los ojos en busca de alguna palabra que pudiera tranquilizarme y hacerme feliz.

—¿Quieres tomar algo? —preguntó.

Porque el sabor ácido del líquido seguía en mi boca

respondí que sí, que un vaso de agua. Se alejó y regresó unos segundos después con el vaso en la mano. Yo aún estaba apoyada en la puerta, mirando con curiosidad la habitación después de que él hubiera encendido la luz. Observaba las cortinas de seda y las esculturas, y los libros y revistas abandonados sobre los elegantes divanes. Un acuario enorme proyectaba sus luces brillantes en las paredes. Oía los ruidos de la cocina y dentro de mí no había turbación ni vergüenza, sino una extraña satisfacción. Sólo después me asaltó la vergüenza, cuando me tendió el vaso con un gesto indiferente y le pregunté:

—Pero ¿de verdad se hace así?

—¡Claro! —me respondió, con una sonrisa burlona que dejaba expuestos todos sus bellísimos dientes. Entonces le sonreí y lo abracé y, mientras olía su nuca, sentí sus manos detrás de mí cogiendo la manilla y abriendo la puerta.

—Nos vemos mañana —dijo, y después de un beso que me resultó dulce, bajé los peldaños y me uní a los demás.

Alessandra me miró riéndose y yo esbocé una sonrisa que desapareció en seguida cuando bajé la cabeza: tenía los ojos llenos lágrimas.

Diario:

Hace más de dos semanas que frecuento la compañía de Daniele y ya me siento muy ligada a él. Es verdad que sus modales conmigo son bastante bruscos y nunca le sale de la boca un cumplido ni una palabra atenta: sólo indiferencia, insultos y carcajadas provocativas. Sin embargo, su manera de actuar hace que me entregue aún más. Estoy segura de que la pasión que tengo dentro conseguirá hacerlo completamente mío, pronto se dará cuenta. En las tardes calurosas y monótonas de este verano a menudo me encuentro pensando en su sabor, en la frescura de su boca de fresa, en sus músculos firmes y vibrantes como grandes peces vivos. Y entonces siempre me toco y tengo unos orgasmos estupendos, intensos y llenos de fantasías. Siento que una pasión enorme vive dentro de mí, la siento latir contra mi piel porque desea salir y desencadenar toda su potencia. Tengo unas ganas locas de hacer el amor, lo haría incluso ahora mismo y seguiría durante días y días, hasta que la pasión encontrara salida y se quedara fuera; al fin libre. Sé a priori que nunca tendré bastante; en un instante reabsorberé lo que he dispersado fuera para volver a abandonarlo a la intemperie, en un ciclo siempre igual, siempre emocionante.

Me ha dicho que soy incapaz de hacerlo, que soy poco apasionada. Me lo ha dicho con su habitual sonrisa burlona y me marché deshecha en lágrimas, humillada por su respuesta. Estábamos en la hamaca de su jardín; apoyaba la cabeza en mis piernas y yo le acariciaba el pelo lentamente y miraba sus cejas cerradas de chico de dieciocho años. Le pasé un dedo por los labios y me mojé un poco la yema; él se despertó y me miró con aire interrogativo.

—Tengo ganas de hacer el amor, Daniele —le dije de pronto, con las mejillas ardientes.

Se rió con ganas, hasta quedarse sin aliento.

—¡Venga, nena! ¿De qué tienes ganas? ¡Si no eres capaz ni de hacerme una buena mamada!

Lo miré perpleja, humillada, quería hundirme en su jardín tan bien cuidado y pudrirme allí abajo, mientras sus pies seguirían pisándome por toda la eternidad. Huí hacia la calle y le grité «¡Cabrón!», llena de rabia, mientras cerraba de un golpe la cancela y arrancaba la moto para marcharme con el alma destruida y el orgullo herido.

Diario, ¿es tan difícil dejarse amar? Pensaba que no era necesario tragar su veneno para garantizarme su afecto, que lo que cabía era, simplemente, entregarme por completo y ahora que estaba a punto de hacerlo, ahora que tengo ganas, él me ridiculiza y me enseña la puerta de ese modo. ¿Qué puedo hacer? De revelarle mi amor, ni hablar. Pero aún puedo probarle que soy capaz de hacer lo que no se espera, soy muy terca y lo conseguiré.

3 de diciembre
22,50

Hoy cumplo quince años. Fuera hace frío y esta mañana ha llovido con ganas. Han venido a casa algunos parientes a los que no he acogido muy bien y mis padres, incómodos, me han reprendido en cuanto se han marchado.

El problema es que mis padres sólo ven lo que les gusta ver. Cuando estoy más chispeante, participan de mi alegría y son afables y comprensivos. Cuando estoy triste, se mantienen apartados, me evitan como a una apestada. Mi madre dice que soy una muerta, que escucho música de cementerio y que mi única diversión es encerrarme en la habitación a leer libros (esto no lo dice, pero está en su mirada...). Mi padre no tiene ni idea de cómo transcurren mis días, y yo no tengo ninguna intención de contárselo.

Lo que me falta es amor, lo que quiero es una caricia en el pelo, lo que deseo es una mirada sincera.

Hasta en el colegio ha sido un día infernal: me han pescado en dos asignaturas que no había preparado (no tengo ganas de ponerme a estudiar) y he tenido examen de latín. Tengo a Daniele en la cabeza, de la mañana a la noche, ocupa incluso mis sueños. No puedo revelarle a nadie lo que siento por él, no lo entenderían, lo sé.

Durante las tareas, el aula estaba silenciosa y oscura, porque había saltado la luz. Dejé que Aníbal atravesara los Alpes y que los gansos del Capitolio lo esperaran aguerridos; dirigí la mirada hacia la ventana de cristales empañados y vi mi imagen opaca y desenfocada: sin amor un hombre no es nada, diario, no es nada... (ni yo soy una mujer...).

2001

25 de enero

Hoy cumple diecinueve años. En cuanto me desperté cogí el móvil y el bip bip de las teclas resonó por mi habitación. Le mandé un mensaje de felicitación al que no sé si responderá con un gracias, o si se partirá de risa al leerlo. Ya no podrá contenerse cuando lea la última frase que le he escrito: «Te amo y es lo único que cuenta».

4 de marzo
7,30 horas

Ha pasado mucho tiempo desde la última vez que he escrito y no ha cambiado casi nada. Durante estos meses me he arrastrado, cargando sobre mis hombros mi inadaptación al mundo. Alrededor sólo veo mediocridad y hasta la idea de salir me pone mal. ¿Para ir adónde? ¿Con quién?

En tanto, mis sentimientos por Daniele han aumentado y ahora siento estallar el deseo de que sea mío.

No nos vemos desde la mañana en que me fui llorando de su casa y tan sólo ayer por la tarde una llamada suya ha roto la monotonía que me ha acompañado durante todo este tiempo. Espero que no haya cambiado, que todo en él haya permanecido igual a aquella mañana en que conocí al Desconocido.

Oír su voz me ha despertado de un largo y pesado sueño. Me ha preguntado cómo me iba la vida, qué había hecho en estos meses; luego, riendo, si me habían crecido las tetas y yo le he respondido que sí, aunque no es cierto. Para nada. Después de haber gastado las últimas palabras de circunstancias, le he dicho lo mismo que aquella mañana: que tenía ganas de hacerlo. En estos meses el deseo ha sido lacerante. Me he tocado hasta la exasperación, provocándome miles de orgasmos. El deseo se adueñaba de mí incluso durante las horas de clase, horas en las cuales, segura de que nadie me miraba, apoyaba mi Secreto en el soporte de hierro del pupitre y hacía una ligera presión con el cuerpo.

Extrañamente, ayer no me puse en ridículo, es más, se quedó en silencio mientras le confiaba mis ganas y dijo que no había nada de extraño, que era lógico que tuviera ciertos deseos:

—Es más —dijo—, como te conozco desde hace algún tiempo, puedo echarte una mano para que los cumplas.

He suspirado y sacudido la cabeza:

—En ocho meses una chica puede cambiar y entender ciertas cosas que antes no entendía. Daniele, di más bien que no tienes ningún coño a tu disposición y que repentinamente —y «¡al fin!», he pensado—, te has acordado de mí —le espeté.

—¡Estás zumbada! Es mejor que corte, no tengo por qué hablar con gente como tú.

Espantada ante este nuevo portazo en la cara, me rebajé a exclamar un «No» implorante y luego:

—Está bien, está bien. Perdóname.

—Veo que sabes entrar en razón... te haré una propuesta —dijo.

La curiosidad por lo que iba decirme me incitó de manera infantil a hablar y él dijo que lo haría conmigo sólo si entre nosotros no había nada más, sólo una historia de sexo en la cual nos buscaríamos cuando tuviéramos ganas. Pensé que a la larga también hasta una historia de sexo puro y duro puede transformarse en una historia de amor y afecto; aunque no se presente en los primeros tiempos, se presentará con la costumbre. Me doblegué a su voluntad con tal de complacer mis caprichos: seré su pequeña amante con fecha de caducidad; cuando se haya cansado de mí me mandará a paseo sin demasiados remordimientos. Vista desde este prisma, mi primera vez podría parecer un contrato a plazo fijo al que sólo le faltara el documento escrito que lo sellara y certificara, un contrato entre alguien muy astuto y otro excesivamente curioso y deseoso, que ha aceptado el arreglo agachando la cabeza y con el corazón a punto de estallar.

No pierdo las esperanzas de que todo salga bien, porque quiero conservar el recuerdo para siempre y lo quiero hermoso, resplandeciente y poético.

15,18

Siento el cuerpo destruido y pesado, increíblemente pesado. Es como si algo muy grande me hubiera caído encima y me hubiera aplastado. No me refiero al dolor físico, sino a un dolor distinto, interior. Dolor físico no he sentido, apenas algo cuando estaba encima...

Esta mañana he cogido la moto del garaje y he ido a su casa en el centro. Era temprano; media ciudad aún dormía y las calles estaban casi vacías. De vez en cuando, algún camionero tocaba la bocina con estrépito y me lanzaba un piropo y yo sonreía un poco porque pensaba que los demás percibirían mi alegría, que me vuelve más guapa y luminosa.

Cuando estuve a la puerta de su casa, miré el reloj y me di cuenta de que había llegado muy temprano, como siempre. Entonces me senté en la moto, abrí la cartera y cogí el libro de griego para repasar la lección que habría debido repetir en clase esta misma mañana (¡si mis profes supieran que me he escaqueado para irme a la cama con un chico!). Sin embargo, estaba ansiosa y hojeaba y volvía a hojear el libro sin leer una palabra; el corazón me latía desbocado y la sangre corría rapidísima en mis venas, debajo de la piel. Dejé el libro y me reflejé en el espejito de la moto. Pensé que mis gafas rosadas en forma de gota le encantarían y que el poncho negro sobre mis hombros lo dejaría sin habla. Sonreí mordiéndome el labio y me sentí orgullosa de mí misma. Sólo faltaban cinco minutos para las nueve, no sería un drama que le tocara el timbre con anticipación.

En cuanto llamé por el telefonillo, entreví su espalda desnuda detrás de la ventana; levantó la persiana y me dijo, con un rostro duro y un tono irónico: «Faltan cinco minutos, espera allí, te llamaré a las nueve en punto». En aquel momento me reí estúpidamente, pero ahora que lo pienso creo que era un mensaje en el que dejaba bien claro quién ponía las reglas y quién debía respetarlas.

Se asomó por el balcón y dijo: «Puedes entrar».

La escalera olía a pis de gato y a flores marchitas; oí una puerta que se abría y subí los peldaños de dos en dos, porque no quería retrasarme. Él había dejado la puerta abierta y entré, llamándolo en voz baja. Oí ruidos en la cocina y me dirigí hacia la habitación, él vino a mi encuentro deteniéndome con un beso en los labios, rápido pero hermoso, que me hizo recordar su sabor a fresa.

—Ve hacia allá, en seguida vuelvo —dijo, señalándome la primera habitación a la derecha.

Entré en su cuarto desordenado; era evidente que acababa de despertarse. De la pared colgaban matrículas de coches americanos, pósters de dibujos animados manga y varias fotos de sus viajes. En la mesilla había una foto suya, de niño; la toqué despacio con un dedo, pero él apareció por detrás, la cogió y la puso boca abajo, diciéndome que no debía mirarla.

Me aferró por los hombros y me obligó a volverme, me estudió con atención y exclamó:

—¡¿Qué coño te has puesto?!

—Vete a la mierda, Daniele —respondí, herida una vez más.

Sonó el teléfono y salió de la habitación para responder. No oía bien lo que decía, sólo palabras amortiguadas y risas sofocadas. En un momento dado oí:

—No cortes. Voy a verla y te lo digo.

Entonces asomó la cabeza por la puerta y me miró, regresó al teléfono y dijo:

—Está de pie cerca de la cama, con las manos en los bolsillos. Ahora mismo me la tiro y después te digo. Chau.

Regresó con el rostro sonriente y yo respondí con una sonrisa nerviosa.

Sin decir nada, bajó la persiana y pasó llave a la puerta de su cuarto. Me miró por un instante, se bajó los pantalones y se quedó en calzoncillos.

—¿Y? ¿Qué haces vestida? Desnúdate, ¿no? —dijo, con una mueca burlona.

Se reía mientras yo me desvestía y, una vez completamente desnuda, me dijo inclinando un poco la cabeza:

—Bueno... no estás tan mal. He llegado a un acuerdo con un buen coño.

Esta vez no sonreí, estaba nerviosa, miraba mis brazos blancos y cándidos que resplandecían por los rayos que apenas se filtraban por la ventana. Comenzó a besarme en el cuello y fue descendiendo poco a poco, a los senos y luego al Secreto, donde ya el Leteo había empezado a fluir.

—¿Por qué no te lo depilas? —susurró.

—No —dije con el mismo volumen de voz—, me gusta así.

Al bajar la cabeza noté su empalme y entonces le pregunté si quería empezar.

—¿Cómo te gustaría hacerlo? —preguntó, sin vacilaciones.

—No lo sé, dime tú... no lo he hecho nunca —respondí, con una pizca de vergüenza.

Me recosté sobre la cama desordenada y con las sábanas frías; Daniele se puso encima de mí, me miró a los ojos y me dijo:

—Tú, arriba.

—¿No me hará daño estando encima? —pregunté, con un tono que se parecía al reproche.

—No importa —exclamó, sin mirarme.

Trepé sobre él y dejé que su asta hiciera diana en el centro de mi cuerpo. Sentí un poco de dolor, pero nada terrible. Tenerlo dentro de mí no me provocó esa convulsión que esperaba, al contrario. Su sexo sólo me provocaba escozor y fastidio, pero me vi obligada a permanecer encastrada de aquella manera.

Ni un gemido de mis labios, tensos en una sonrisa.

Mostrarle mi dolor habría sido expresar esos sentimientos que él no quiere conocer. Quiere servirse de mi cuerpo, no quiere saber de mi luz.

—Venga, pequeña, que no te haré daño —dijo.

—No, tranquilo, no tengo miedo. Pero ¿no podrías ponerte tú encima? —pregunté, con una leve sonrisa. Consintió con un suspiro y se echó encima de mí.

—¿Sientes algo? —me preguntó, mientras comenzaba a moverse despacio.

—No —respondí, creyendo que se refería al dolor.

—¿Cómo que no? ¿Será el preservativo?

—No lo sé —continué—, no me hace ningún daño. Me miró disgustado y dijo:

—¡Zorra, tú no eres virgen!

No respondí en seguida y lo miré estupefacta:

—¿Cómo que no? Perdona, ¿qué significa eso?

—¿Con quién lo has hecho, eh? —preguntó, mientras se levantaba a toda prisa de la cama y recogía sus ropas dispersas en el suelo.

—¡Con nadie, lo juro! —dije en voz alta.

—Por hoy hemos terminado.

El resto es inútil contarlo, diario. Me marché sin valor siquiera para el llanto o el grito, sólo con una tristeza infinita que me oprime el corazón y lo devora poco a poco.

Hoy mi madre durante la comida me ha mirado con ojos indagadores y me ha preguntado con un tono solemne por qué estaba tan pensativa estos días.

—El colegio —respondí con un suspiro—, me están llenando de deberes.

Mi padre seguía cogiendo los espaguetis con el tenedor, levantando la mirada para ver mejor en el telediario las últimas noticias de la política italiana. Me sequé los labios con la servilleta y la manché de salsa. Me fui rápidamente de la cocina mientras mi madre seguía regañándome porque nunca tengo respeto por nada ni nadie, que ella a mi edad era responsable y limpiaba las servilletas en vez de ensuciarlas.

—¡Sí, sí! —gritaba yo, desde la otra habitación.

Deshice la cama y me acurruqué debajo de las mantas, mojando las sábanas con mis lágrimas.

El olor a suavizante se mezclaba con el extraño olor del moco que me goteaba de la nariz, lo sequé con la palma de la mano y sequé también mis lágrimas. Observé el retrato que colgaba de la pared y que un pintor brasileño me hizo en Taormina, ya hace bastante tiempo. Me había detenido mientras caminaba y me había dicho:

—Tienes un rostro tan hermoso, deja que lo dibuje. Lo hago gratis, de verdad.

Y mientras su lápiz trazaba líneas sobre la hoja sus ojos resplandecían y sonreían, aunque sus labios permanecían cerrados.

—¿Por qué piensa que tengo un rostro bonito? —le pregunté mientras posaba.

—Porque expresa belleza, candor, inocencia y espiritualidad —respondió con amplios gestos de las manos.

Bajo las mantas he vuelto a pensar en las palabras del pintor y luego en la mañana pasada, cuando perdí lo que el viejo brasileño había encontrado de raro en mí. Lo perdí entre unas sábanas demasiado frías y entre las manos de quien ha devorado su propio corazón, que ya no late. Muerto. Yo tengo un corazón, diario, aunque él no se dé cuenta, aunque quizá nunca nadie se dé cuenta. Y, antes de abrirlo, le daré mi cuerpo a cualquier hombre, por dos motivos: porque quizá saboreándome conocerá el sabor de la rabia y de la amargura y, por tanto, sentirá un mínimo de ternura; luego, porque se enamorará de mi pasión hasta ser incapaz de prescindir de ella. Sólo después me entregaré completamente, sin dilaciones ni constricciones, para que nada de lo que siempre he deseado se pierda. Lo mantendré apretado entre los brazos y lo haré crecer como una flor rara y delicada, atenta a que una bofetada del viento no la aje de repente. Lo prometo.

Los días son mejores; la primavera ha explotado este año sin medias tintas. Un día me despierto y me encuentro con las flores abiertas y el aire más tibio, mientras el mar recoge el reflejo del cielo transformándose en una masa de azul intenso. Como cada mañana, cojo la moto para ir al colegio. El frío todavía es punzante, pero el sol en el cielo promete que más tarde subirá la temperatura. Resaltan desde el mar los farallones que Polifemo le lanzó a Nadie, después de que éste lo hubiera cegado. Están clavados en el fondo marino, están allí desde quién sabe cuándo y ni las guerras, ni los terremotos, ni siquiera las violentas erupciones del Etna los han desmoronado nunca. Se yerguen imponentes sobre el agua y pienso en cuánta mediocridad, cuánta pequeñez hay en el mundo. Nosotros hablamos, nos movemos, comemos, realizamos todas las acciones que los seres humanos tenemos la obligación de llevar a cabo, pero, a diferencia de los farallones, no permanecemos siempre en el mismo sitio, del mismo modo. Nos deterioramos, diario, las guerras nos matan, los terremotos acaban con nosotros, la lava nos traga y el amor nos traiciona. Y ni siquiera somos inmortales. Pero quizá esto sea bueno, ¿no?

Ayer, las piedras de Polifemo se quedaron mirándonos mientras él se movía convulsamente sobre mi cuerpo, sin preocuparse por mis escalofríos ni por mis ojos que apuntaban hacia otra parte: al reflejo de la luna en el agua. Lo hicimos todo en silencio, como siempre, del mismo modo, cada vez. Su rostro se hundía detrás de mis hombros y sentía su aliento en el cuello: no era cálido, era frío. Su saliva bañaba cada centímetro de mi piel como si una babosa lenta y perezosa dejara su estela viscosa. Y su piel ya no me recordaba la piel dorada y sudada que había besado una mañana de verano. Sus labios ya no sabían a fresa, ya no tenían ningún sabor. En el momento de ofrecerme su poción secreta, emitió el habitual estertor de placer, cada vez más parecido a un gruñido. Se separó de mi cuerpo y se tendió sobre su toalla, al lado de la mía, suspirando como si se hubiera liberado de un peso agobiante. Apoyando el cuerpo sobre un costado observé y admiré las curvas de su espalda. Amagué un lento acercamiento de la mano, pero la retiré en seguida, atemorizada por su reacción. Me dediqué a mirar: a él y a los Farallones, durante mucho tiempo, un ojo en él y el otro en ellos. Luego, desplazando la mirada, descubrí la luna en medio y la observé, admirada, entornando los ojos para enfocar mejor su redondez y su color indefinible.

Me volví de pronto, como si hubiera comprendido algo, un misterio antes inalcanzable:

—No te quiero —susurré muy despacio, como para mí misma.

Ni siquiera tuve tiempo de pensarlo.

Se volvió despacio, abrió los ojos y preguntó:

—¿Qué coño has dicho?

Lo miré durante un momento con el rostro firme, inmóvil y levantando la voz dije:

—No te quiero.

Arrugó la frente y las cejas se acercaron, luego exclamó bien alto:

—¿Y quién coño te lo ha pedido?

Nos quedamos callados y él se echó de nuevo de espaldas. A lo lejos oí que se cerraba la puerta de un coche y luego las risitas de una pareja. Daniele se volvió hacia ellos y dijo, fastidiado:

—¿Qué coño quieren éstos... por qué no se van a follar a otra parte y nos dejan descansar en paz?

—También ellos tienen derecho a follar donde les dé la gana, ¿no? —dije, la vista clavada en el brillo del esmalte transparente de mis uñas.

—Oye, chata... tú no eres quien para decirme qué deben o no deben hacer los demás. Lo decido yo, siempre yo, también sobre ti siempre he decidido y siempre decidiré yo.

Mientras hablaba me volví, fastidiada, recostándome sobre la toalla húmeda. Él me sacudió con rabia los hombros mientras emitía sonidos indescifrables con los dientes apretados. No me moví, cada uno de los músculos de mi cuerpo estaba tenso.

—¡No puedes tratarme así! —chillaba—. No puedes pasar de mí... cuando hablo debes escucharme y nunca más te permitas darte la vuelta, ¿has entendido?

Entonces me volví de golpe, le aferré las muñecas y las sentí débiles bajo mis manos. Tuve piedad por él, se me oprimió el corazón.

—Estaría escuchándote durante horas y horas si al menos me hablases, si me dieras la oportunidad de escucharte —dije, modulando suavemente.

Vi que su cuerpo se relajaba, lo sentí. Cerró los párpados y volvió sus ojos a su interior.

Estalló en lágrimas y se cubrió el rostro con las manos de vergüenza. Luego se acurrucó de nuevo sobre la toalla. Con las piernas dobladas parecía aún más un niño indefenso e inocente.

Le di un beso en la mejilla, doblé mi toalla en silencio y con cautela, recogí todas mis cosas y me dirigí lentamente hacia la pareja. Estaban abrazados, se llenaban del olor del otro olisqueándose los cuellos. Me detuve un instante para mirarlos y entre el ligero rumor de las olas del mar oí susurrar un «te quiero».

Me llevaron de vuelta a casa; se lo agradecí disculpándome por haberlos interrumpido, pero ellos me tranquilizaron diciéndome que estaban contentos de haberme ayudado.

Ahora, diario, mientras te escribo me siento en falta. Lo dejé en la playa húmeda llorando lágrimas de sangre, me fui como una cobarde y lo dejé haciéndose daño. Pero lo hice por él, y también por mí. Tantas veces me dejó llorar y en vez de abrazarme me mandó a paseo, mofándose. No será un drama para él quedarse solo. Y tampoco lo será para mí.

30 de abril

¡Estoy feliz, feliz, feliz! No ha sucedido nada por lo que deba estarlo y, sin embargo, lo estoy. Nadie me llama nunca, nadie me busca y, sin embargo, reboso de alegría por todos los poros, estoy contenta hasta lo inverosímil. He desterrado todas las paranoias, ya no espero con angustia su llamada, ya no tengo la angustia de sentirlo bombear encima de mí, burlándose de mi cuerpo y de mí. Ya no tengo que contarle mentiras a mi madre, cuando, de vuelta de quién sabe dónde, me preguntaba dónde había estado. Y yo puntualmente le respondía cualquier tontería: en el centro tomando una cerveza, en el cine o en el teatro. Y antes de dormirme fantaseaba y pensaba qué habría hecho si de verdad hubiera estado a esos sitios. Me habría divertido, desde luego, habría conocido gente, habría tenido una vida que no fuera sólo el colegio, la casa y el sexo con Daniele. Y ahora quiero esta otra vida, no importa cuánto tarde, ahora quiero a alguien al que le interese Melissa. Quizá la soledad me esté destruyendo, pero no me da miedo. Soy mi mejor amiga, nunca podría traicionarme, nunca abandonarme. Pero quizá podría hacerme daño, quizá sí hacerme daño. Y no porque disfrute, sino porque quiero castigarme de alguna manera. Pero ¿cómo hace alguien como yo para amarse y castigarse al mismo tiempo? Es una contradicción, diario, ya lo sé. Pero nunca amor y odio han estado tan cerca, han sido tan cómplices, han estado tan dentro de mí.

7 de julio
12,38 de la noche

Hoy he vuelto a verlo, ha abusado una vez más de mis sentimientos y espero que sea la última. Todo ha empezado como siempre y todo ha terminado del mismo modo. Soy una estúpida, diario, no habría debido permitirle que se acercara todavía.

5 de agosto

Ha terminado, para siempre. Y me complace decir que yo no estoy terminada, es más, estoy volviendo a vivir.

11 de septiembre
15,25

Quizá Daniele esté mirando las mismas imágenes de la tele, las mismas que veo yo.

El colegio ha empezado hace poco y ya se respira un clima de huelgas, manifestaciones y asambleas, siempre con los mismos argumentos. Ya imagino los rostros enrojecidos de los del «colectivo» que se enfrentan con los de la «acción». Dentro de unas horas comenzará la primera asamblea del año, cuyo tema será la globalización. En este momento estoy en el aula, con el profesor suplente; detrás de mí, algunas de mis compañeras hablan del invitado que vendrá a la asamblea de hoy. Dicen que es guapo, que tiene un rostro angelical y una inteligencia perspicaz; se ríen groseramente cuando una de ellas dice que la inteligencia perspicaz le tiene sin cuidado, que le interesa más el rostro angelical. Las que hablan son las mismas que hace algunos meses fueron enmerdándome por ahí, diciendo que me había ido a la cama con uno que no era mi novio. Había confiado en una de ellas, le había contado todo sobre Daniele y ella me había abrazado, pronunciando un «lo siento» burdamente hipócrita.

—¿Por qué, no te dejarías follar por alguien así? —preguntó la que traicionó mi confianza a otra.

—No, lo violaría contra su voluntad —respondió, riendo.

49

—¿Y tú, Melissa? —me preguntó. —¿Tú, qué harías?

Me volví y le dije que no lo conozco y que no tengo ganas de hacer nada. Ahora las oigo reír, y sus carcajadas se confunden con el sonido metálico y retumbante de la campana que indica el final de la hora.

16,35

En la tarima montada para la asamblea, no presté atención a los precintos desbordados ni a los McDonald's incendiados, aunque había sido elegida para redactar el acta del encuentro. Estaba en el centro del largo escritorio, con los invitados de las facciones enfrentadas a cada lado. El chico del rostro angelical se había sentado junto a mí, con un boli en la boca, que roía sin decoro. Y mientras el derechista convencido se enfrentaba al izquierdista encarnizado, mis ojos estaban absortos en el boli azul encajado entre sus dientes.

—Apunta mi nombre entre los oradores —dijo, con el rostro vuelto sobre su hoja de apuntes.

—¿Cuál es tu nombre? —pregunté con discreción.

—Roberto —dijo, esta vez mirándome, sorprendido de que no lo supiera.

Se levantó para hablar; su discurso era vigoroso y

exaltante. Lo observaba mientras se movía con ademán desenvuelto manteniendo en la mano el micrófono y el boli; la platea, en vilo, le reía sus ocurrencias irónicas que golpeaban en el momento justo. Es estudiante de derecho, pensaba, es lógico que tenga ciertas habilidades oratorias. Me di cuenta de que, de vez en cuando, se volvía para mirarme y, con cierta malicia pero con absoluta normalidad, me abrí la camisa descubriendo el cuello hasta el nacimiento de los senos blancos. Quizá se percató de mi gesto porque empezó a volverse más a menudo e, incómodo y curioso a la vez, me lanzaba miradas significativas. Al menos así me pareció. Terminado el discurso, se sentó y volvió a meterse el boli en la boca sin hacer caso de los aplausos que le dedicaban. Luego se volvió hacia mí, que estaba redactando las actas, y dijo:

—No recuerdo tu nombre.

Tenía ganas de jugar:

—Aún no te lo he dicho —respondí.

Levantó ligeramente la cabeza y dijo:

—¡Claro!

Volvió a sus apuntes, mientras yo me sonreía un poco, contenta de que estuviera esperando que le dijera mi nombre.

—¿Y no quieres decirlo? —preguntó, escrutándome atentamente el rostro.

Sonreí cándidamente:

—Melissa —dije.

—Mmm... tienes nombre de abeja. ¿Te gusta la miel?

—Demasiado dulce —respondí—, prefiero los sabores más fuertes.

Sacudió la cabeza, sonrió y seguimos escribiendo cada uno por su lado. Después de un rato se levantó para fumar un cigarrillo y lo veía reír y gesticular animadamente con otro chico, también muy guapo, y a veces me miraba y sonreía llevándose el cigarrillo a la boca. Desde lejos parecía más delgado y esbelto y su cabello parecía suave y perfumado, con pequeños bucles de color bronce que le caían delicadamente sobre el rostro. Se apoyaba en el poste de la luz con todo el peso descargado sobre una cadera, que parecía levantada por la mano que tenía en el bolsillo de los pantalones: la camisa de grandes cuadros verdes salía por fuera, desaliñada, y las gafas redondas completaban su aspecto de intelectual. A su amigo lo había visto varias veces fuera del colegio distribuyendo octavillas. Siempre llevaba un purito en la boca, encendido o apagado.

Acabada la asamblea, estaba recogiendo los folios dispersos por el escritorio que debían adjuntarse a las actas, cuando llegó Roberto, me estrechó la mano y me saludó con una amplia sonrisa.

—¡Hasta pronto, compañera!

Me dio risa y le confesé que me gusta que me llamen compañera, es divertido.

—¡Venga, venga! ¿Qué haces ahí charlando? ¿No ves que la asamblea ha terminado? —dijo el vicedirector dando palmas.

Hoy estoy contenta, he conocido a una persona agradable y espero que no acabe aquí. Ya lo sabes, diario, yo persevero mucho si quiero conseguir algo. Ahora quiero su número y estoy segura de que lo obtendré. Después de su número querré lo que ya sabes, o sea ocupar un espacio en sus pensamientos. Pero antes de eso ya sabes qué debo dar...

10 de octubre
17,15

Hoy es un día húmedo y triste, el cielo está gris y el sol es una mancha pálida y fuera de foco. Esta mañana ha caído una llovizna, mientras que ahora los relámpagos amenazan con hacer saltar la corriente. Pero no me importa el tiempo, yo soy muy feliz.

A la salida del colegio los buitres habituales que quieren venderte algún libro o convencerte con alguna octavilla, indiferentes incluso a la lluvia. Protegido con un impermeable verde y con el purito en la boca estaba el amigo de Roberto, distribuyendo unas hojas rojas con la sonrisa estampada en el rostro. Cuando se acercó para dármela también a mí lo miré, pasmada, porque no sabía qué hacer, cómo comportarme. Susurré un tímido «gracias» y seguí caminando muy lentamente pensando que no volvería a tener una ocasión tan propicia. Escribí mi número sobre la hoja y, volviendo sobre mis pasos, se la restituí.

—¿Qué haces, me la devuelves en vez de tirarla como hacen los demás? —me preguntó, sonriente.

—No, quiero que se la des a Roberto —dije.

Asombrado, exclamó:

—Pero Roberto tiene centenares de estas hojas.

Me mordí los labios y dije:

—A Roberto le interesará lo que está escrito detrás...

—Ah... entiendo... —dijo aún más asombrado—, tranquila, lo veré más tarde y se la daré.

—¡Muchas gracias! —le habría dado un sonoro beso en la mejilla.

Cuando me marchaba oí que me llamaban, me volví y era él, que venía corriendo.

—Me llamo Pino, es un placer. Tú eres Melissa, ¿verdad? —dijo, jadeando.

—Sí, Melissa... veo que no has tardado en leer el envés de la hoja.

—Eh... qué quieres... —dijo sonriendo—, la curiosidad es propia de la inteligencia. ¿Tú eres curiosa?

Cerré los ojos y dije:

—Muchísimo.

—¿Ves? Entonces eres inteligente.

Con mi ego satisfecho y desbordante de alegría, lo saludé y fui hacia la plazoleta de encuentro frente al colegio, medio vacía por culpa del día desapacible. Tardé un poco en coger la moto, el tráfico en la hora punta es horrible incluso para quien conduce un *scooter*. Unos minutos después, suena el móvil.

—Hola.

—Ehm... hola, soy Roberto.

—Hey, hola.

—¿Me has sorprendido, sabes?

—Soy atrevida. Habrías podido no llamarme, he corrido el riesgo de recibir un portazo en la cara.

—Has hecho muy bien. En cualquier ocasión habría ido a pedírtelo yo. Sólo que, sabes... mi chica va a tu mismo colegio.

—Ah, tienes novia...

—Sí, pero... no importa.

—...tampoco a mí me importa.

—Pero dime, ¿por qué me has buscado?

—¿Y tú, por qué me habrías buscado?

—Bien... yo te lo he preguntado primero.

—Porque quiero conocerte mejor y pasar algún tiempo contigo...

Silencio.

—Ahora te toca a ti.

—Idem. Aunque sabes las condiciones: ya estoy comprometido.

—No creo en los compromisos, dejan de serlo en cuanto se termina de creer en ellos.

—¿Te va bien que nos encontremos mañana por la mañana?

—No, mañana no, tengo clase. Quedemos el viernes, hay huelga. ¿Dónde?

—Delante del comedor universitario a las diez y media.

—De acuerdo.

—Chau, entonces, hasta el viernes.

—Hasta el viernes, un beso.

Como de costumbre, llegué con una anticipación increíble; el tiempo no ha mejorado en cuatro días, una monotonía increíble.

El comedor exhalaba un fuerte olor a ajo y, desde donde estaba, podía oír a las cocineras metiendo ruido con las cacerolas y chismorreando sobre alguna compañera. Un estudiante que otro pasaba y me miraba, guiñándome el ojo y yo fingía no verlo. Estaba más atenta a las cocineras y a sus conversaciones que a mis pensamientos. Estaba tranquila, nada de nervios, y me dejé llevar por el mundo exterior y no me preocupé demasiado de mí.

Llegó en su coche amarillo, demasiado abrigado, con una enorme bufanda que le cubría la mitad del rostro y sólo dejaba las gafas al aire.

—Es para que no me reconozcan, ya sabes cómo es... mi novia. Iremos por calles poco concurridas, tardaremos un poco más pero al menos no correremos ningún riesgo —dijo, una vez que subí.

La lluvia golpeaba con fuerza contra los cristales del coche, como si quisiera romperlos. El sitio al que nos dirigíamos era su casa de verano, en las pendientes del

Etna, fuera de la ciudad. Las ramas secas y oscuras de los árboles rasgaban unas pequeñas hendiduras en el cielo nublado; las bandadas de pájaros volaban con dificultad a través de la lluvia densa, ansiosos por llegar a un lugar más cálido. Y también yo habría querido emprender el vuelo para llegar a un lugar más cálido. No tenía ninguna ansiedad: fue como salir de casa para ir a un nuevo trabajo, nada emocionante, al contrario. Un trabajo obligado y fatigoso.

—Abre el salpicadero, debería haber algunos CD.

Cogí un par, elegí uno de Carlos Santana.

Hablamos del colegio, de la universidad y luego de nosotros.

—No quiero que me juzgues mal —dije.

—¿Bromeas? Sería como juzgarme mal a mí mismo... en definitiva, estamos haciendo lo mismo, del mismo modo. Es más, quizá sea más deshonroso para mí, que estoy comprometido. Pero mira, ella...

—No lo hace —lo interrumpí con una sonrisa.

—Exacto —dijo él, con la misma sonrisa.

Entró por una callejuela en mal estado y se detuvo delante de un portón verde. Bajó del coche y lo abrió. Cuando subió de nuevo al coche advertí que el rostro del Che Guevara estampado en su camiseta estaba completamente empapado.

—¡Joder! —exclamó—. Todavía es otoño y el tiempo ya da asco —luego se volvió y preguntó—: Pero tú ¿no estás un poco emocionada?

Cerré los labios, torcí el gesto y sacudí la cabeza; después de un rato, dije:

—No, para nada.

Para llegar hasta la puerta me cubrí la cabeza con el bolso y corriendo bajo aquella lluvia nos reímos mucho, como dos imbéciles.

La casa estaba a oscuras. Luego, cuando entré, sentí un frío gélido. Me movía a duras penas en la oscuridad; él evidentemente estaba habituado, conocía todos los rincones y por eso caminaba con una cierta desenvoltura. Permanecí quieta en un sitio donde parecía que había más luz y vi un sofá sobre el que dejé mi bolso.

Roberto llegó por detrás, me rodeó y me besó con toda la lengua. Su beso me dio un poco de asco, no se parecía en nada al de Daniele. Me empapaba con su saliva, dejándola fluir un poco por los labios. Lo aparté cortésmente, sin darle a entender nada, y me sequé con la palma de la mano. Me cogió esa misma mano y me condujo al dormitorio, siempre en la misma oscuridad y en el mismo frío.

—¿No puedes encender la luz? —pregunté, mientras me besaba el cuello.

—No, lo confieso.

Me dejó sobre la gran cama, se arrodilló delante de mí y me quitó los zapatos. No estaba excitada ni impasible. Me parecía que aceptaba todo aquello sólo porque a él le daba placer.

Me desnudó como si fuera un maniquí en un escaparate, como un dependiente rápido e indiferente que desviste al muñeco sin volver a vestirlo.

Cuando vio mis medias preguntó, asombrado:

—Pero ¿usas medias autoadherentes?

—Sí, siempre —respondí.

—¡Menuda furcia! —exclamó.

Su comentario fuera de lugar me dio vergüenza, pero aún más me impresionó su cambio de chico educado a hombre rudo y vulgar. Tenía los ojos encendidos y famélicos, las manos hurgaban debajo de mi camiseta, debajo de la braguita.

—¿Quieres que me deje puestas las medias? —pregunté, para secundar su deseo.

—Desde luego, déjatelas, así eres más puerca.

Otra vez se me encendieron las mejillas, pero luego sentí que mi hogar se calentaba poco a poco y la realidad se alejaba gradualmente. La Pasión tomaba la delantera.

Bajé de la cama y sentí el suelo increíblemente frío y

liso bajo los pies. Esperaba que él me cogiera e hiciera conmigo lo que le viniera en gana.

—Chúpamela, zorra —susurró.

La vergüenza no me lo impidió; la eché fuera de mí en seguida e hice lo que me pedía. Cuando su miembro se volvió duro y grande, me cogió por las axilas y me llevó en volandas hacia la cama.

Como una muñeca inerme, me colocó encima de él y dirigió su larga asta hacia mi sexo, tan poco abierto y tan poco húmedo.

—Quiero hacerte sentir dolor. Venga, aúlla, hazme ceer que te estoy haciendo daño.

En efecto, me hizo daño, las paredes de la vagina me escocían y la dilatación se produjo con desgana.

Gritaba mientras la habitación vacía daba vueltas a mi alrededor. La vergüenza había desaparecido y en su lugar sólo quedaba el deseo de hacerlo mío.

«Si grito —pensé—, estará contento, me lo ha pedido. Haré todo lo que me diga.»

Gritaba y sentía dolor, ningún filamento de placer me atravesaba. Él, en cambio, estalló, su voz se transformó y sus palabras se volvieron obscenas y vulgares.

Las lanzó contra mí y me entraban con tal violencia que incluso superaban la penetración de su sexo.

Luego, todo volvió a ser como antes. Cogió las gafas

que había dejado en la mesilla, tiró el preservativo cogiéndolo con un pañuelo, se vistió con calma y me acarició la cabeza. En el coche hablamos de Bin Laden y de Bush, como si nada hubiera sucedido...

25 de octubre

Roberto me llama a menudo, dice que oírme lo llena de alegría y le da ganas de hacer el amor. Esto último lo dice en voz baja, no quiere que lo oigan y, además, se avergüenza un poco de admitirlo. Le digo que a mí me pasa lo mismo y que a menudo, mientras me toco, pienso en él. No es verdad, diario. Lo digo sólo para adularlo; él, engreído, siempre dice: «Ya sé que soy bueno en la cama. Las mujeres se vuelven locas.»

Es un ángel presuntuoso, es irresistible. Su imagen me persigue durante el día, pero cuando pienso en él aparece como el chico educado y no como el amante apasionado. Y cuando se transforma me provoca una sonrisa, pienso que sabe mantener el equilibrio y ser personas distintas en momentos distintos. Al contrario de mí, que soy siempre la misma, siempre igual. Mi pasión está por todas partes, como mi malicia.

1 de diciembre

Le dije que pasado mañana será mi cumpleaños y exclamó:

—Bien, entonces lo festejaremos de la manera apropiada.

Sonreí y le dije:

—Roby, ayer ya lo festejamos bastante bien. ¿No estás satisfecho?

—Eh, no... dije que el día de tu cumpleaños será especial. Conoces a Pino, ¿verdad?

—Sí, desde luego —respondí.

—¿Te gusta?

Temerosa de responder algo que lo hiciera alejarse, vacilé un poco, luego decidí decir la verdad:

—Sí, mucho.

—Muy bien. Entonces vengo a recogerte pasado mañana.

—Está bien... —colgué.

Me picaba la curiosidad por esta extraña iniciativa suya. Confío en él.

3 de diciembre
4,30 de la mañana

Mi decimosexto cumpleaños. Quiero detenerme ahora y no seguir adelante. A los dieciséis años soy dueña de mis actos, pero también víctima del azar y la imprudencia.

Cuando salí a la puerta de casa advertí que, en el coche amarillo, Roberto no estaba solo. Vi el cigarro oscuro confundiéndose con las sombras y en seguida lo entendí todo.

—Podrías quedarte al menos por el día de tu cumpleaños —me había dicho mi madre antes de salir y no le había hecho caso, cerrando la puerta de entrada sin responderle.

El ángel presuntuoso me miró sonriente y yo subí fingiendo no haberme percatado de que Pino estaba detrás.

—Entonces —preguntó Roberto—, ¿no dices nada? —señalándome con la cabeza los asientos traseros.

Me volví y vi a Pino repantingado detrás, con los ojos rojos y las pupilas dilatadas. Le sonreí y le pregunté:

—¿Has fumado?

Él dijo que sí con la cabeza y Roberto agregó:

—También se ha bebido una botella entera de aguardiente.

—Todo en orden —dije—, está bien colocado.

Las luces de la ciudad se reflejaban en las ventanillas del coche: las tiendas aún estaban abiertas y los propietarios esperan con ansia la Navidad. Parejas y familias caminaban por las aceras inconscientes de que dentro del coche estaba yo con dos hombres que me llevarían quién sabe dónde.

Atravesamos la Via Etna y vi el Duomo iluminado por las luces blancas y rodeado por las imponentes palmeras. Por debajo de esta calle corre un río, oculto por la piedra pomez. Es silencioso, imperceptible. Como mis pensamientos silenciosos y apacibles, escondidos sabiamente bajo mi coraza. Corren. Me desgarran.

Por la mañana, aquí cerca, está la lonja de pescado; se siente el olor del mar desprendido de las manos de los pescadores que, con las uñas ennegrecidas por las entrañas de los pescados, cogen el agua del cubo y la rocían sobre los cuerpos fríos y centelleantes de los animales aún vivos y escurridizos. Nos dirigíamos precisamente allí, aunque de noche la atmósfera cambia. Al bajarme del coche me di cuenta de que el olor del mar se transforma en olor a humo y hachís, los chicos con *piercing* sustituyen a los viejos pescadores bronceados y la vida sigue siendo vida, siempre y de cualquier modo.

Bajé. A mi lado pasó una vieja apestosa, vestida de

almagre, con un gato de pelo bermejo en los brazos, flaco y tuerto. Cantaba una cantinela:

> *Passiannu 'pa via Etnea*
> *Chi sfarzu di luci,*
> *Chi fudda 'ca c'è.*
> *Viru tanti picciotti 'che jeans*
> *Si mettunu 'nmostra*
> *davanti 'e cafè.*
> *Com'è bella Catania di sira,*
> *sutta i raggi splinnenti di luna*
> *a muntagna ca è russa di focu,*
> *All'innamurati l'arduri ci runa.*

Iba como un fantasma, lenta, con los ojos pasmados, y la miré con curiosidad mientras esperaba que ellos bajaran del coche. La mujer me rozó la manga del abrigo y sentí un extraño escalofrío. Cruzamos nuestras miradas durante un instante brevísimo, pero tan intenso y elocuente que tuve miedo, un miedo verdadero, insensato.

Paseando por Via Etnea / qué lujo de luces, / qué multitud que hay. / Veo a muchos jóvenes con vaqueros / que se exhiben / delante de los cafés. / Qué hermosa es Catania al atardecer, / bajo los rayos resplandecientes de la luna / y la montaña roja de fuego / vuelve fogosos a los enamorados. (*N. del T.*)

Su mirada torcida y vivaz, en absoluto huera, decía: «Ahí dentro encontrarás la muerte. Ya no podrás recobrar el corazón, niña, morirás y alguien echará tierra sobre tu tumba. Ni siquiera una flor, ni siquiera una.»

Se me puso la piel de gallina, esa bruja me había hechizado. Pero no le hice caso, les sonreí a los dos chicos que venían hacia mí, guapos y peligrosos.

Pino se mantenía en pie a duras penas, permaneció en silencio todo el tiempo y tampoco Roberto y yo hablamos demasiado, como hacíamos otras veces.

Roberto sacó un gran manojo de llaves del bolsillo de los pantalones e introdujo una en la cerradura. El portón chirrió, empujó con fuerza para abrirlo y al fin se cerró ruidosamente a nuestras espaldas.

Yo no hablaba, no tenía nada que preguntar, sabía muy bien qué nos disponíamos a hacer. Subimos por las escaleras gastadas por los años; las paredes del palacete parecían tan frágiles que me dio miedo que, de pronto, algo cediera y nos matara. Las grietas eran numerosas y las luces pálidas daban un aspecto translúcido a las paredes azules. Nos detuvimos ante una puerta de la que provenía una música.

—Pero ¿hay alguien más? —pregunté.

—No, nos hemos olvidado la radio encendida antes de salir —me respondió Roberto.

Pino fue en seguida al cuarto de baño, dejando la puerta abierta. Lo veía mear: se sostenía en la mano el miembro blando y arrugado. Roberto fue a la otra habitación a bajar el volumen de la música y yo me quedé en el pasillo observando con curiosidad todos los cuartos que podía mirar de soslayo desde allí.

El ángel presuntuoso regresó sonriendo, me besó en la boca y, señalándome una habitación, me dijo:

—Espéranos en la celda de los deseos, en seguida volvemos.

Me reí. Celda de los deseos... ¡qué nombre raro para llamar a la habitación de follar!

Entré en el cuarto, bastante estrecho. En la pared había centenares de fotos de modelos desnudas, recortes de periódicos porno, pósters hentai y posiciones del kamasutra. Imprescindible, en el cielo raso, la bandera roja con el rostro del Che.

«Pero adónde he venido a parar —pensé—, una especie de museo del sexo... ¿de quién será esta casa?»

Roberto llegó con un paño negro en la mano. Me dio la vuelta y me vendó los ojos, volvió a girarme hacia él y exclamó, riendo:

—Pareces la diosa fortuna.

Oí que el interruptor de la luz emitía un clic y luego ya no pude ver nada.

Advertí pasos y susurros, luego dos manos me bajaron los vaqueros, me quitaron el jersey de cuello alto y el sujetador. Me quedé en tanga, medias y botas con tacones de aguja. Me imaginaba vendada y desnuda y, de mi rostro, sólo veía los labios rojos que muy pronto tendrían que probar algo de ellos.

De pronto, las manos eran más, eran cuatro. Era fácil distinguirlas porque dos estaban arriba palpándome el pecho y dos abajo, rozándome el sexo a través de la tanga y acariciándome el trasero. No distinguía el olor a alcohol de Pino, quizá se había lavado los dientes en el baño. Mientras me imaginaba cada vez más a merced de sus manos y comenzaba a excitarme, sentí, detrás, el contacto con un objeto helado, un vaso. Las manos seguían tocándome, pero el vaso presionaba con más fuerza contra la piel. Espantada, pregunté:

—¿Qué coño es esto?

Una risita de fondo y luego una voz desconocida:

—Tu barman, tesoro. No te asustes, sólo te he traído una copa.

Me acercó el vaso a la boca y sorbí despacio una crema de whisky. Me lamí los labios y otra boca me los comió mientras las manos seguían acariciándome y el barman volvía a apurarme un trago. Me besaba un cuarto hombre.

—¡Qué culo tienes! —decía la voz desconocida—, suave, blanco y firme. ¿Puedo darte un mordisco?

Sonreí por la curiosa pregunta y le respondí:

—Hazlo y basta, no preguntes. Pero hay algo que quiero saber: ¿cuántos?

—Tranquila, chiquilla —dijo otra voz a mis espaldas.

Y sentí que una lengua me lamía las vértebras. Ahora la imagen que tenía de mí misma era más seductora: vendada, medio desnuda, cinco hombres que me lamen, me acarician y ansían mi cuerpo. Era el centro de la atención y ellos hacían de mí aquello que estaba permitido hacer dentro de la celda de los deseos. No oía ni una voz, sólo suspiros y caricias.

Y cuando un dedo se metió despacio en mi Secreto sentí un calor imprevisto y entendí que la razón me estaba abandonando. Estaba abandonada al roce de aquellas manos y se apoderaba de mí la curiosidad de saber quiénes eran, cómo eran. ¿Y si el placer hubiera sido fruto del trabajo de un hombre feísimo y baboso? En ese momento no me importó. Y ahora me avergüenzo de ello, diario, pero sé que lamentarse tarde no sirve de nada.

—Bien —dijo al fin Roberto—, ahora pasaremos a la fase siguiente.

—¿Qué? —pregunté.

—No te preocupes. Puedes quitarte la venda, ahora el juego es otro.

Vacilé un instante antes de quitarme la venda, pero luego me la saqué despacio y vi que en el cuarto sólo estábamos Roberto y yo.

—Pero ¿adónde han ido? —pregunté, sorprendida.

—Nos esperan en la próxima habitación.

—¿Que se llama...? —pregunté, divertida.

—Mmm... salón de fumadores. Liémonos un porro.

Deseaba marcharme con todas mis fuerzas y dejarlos allí. Aquella pausa me había enfriado y la realidad se presentó en toda su crudeza. Pero no podía, ahora había empezado y debía acabar a toda costa. Lo hice por ellos.

Vislumbré las molduras que resaltaban en la habitación oscura, apenas alumbrada por tres velas apoyadas en el suelo. Por lo poco que se veía, las facciones de los chicos presentes en la sala no eran feas y eso me consoló.

En la habitación había una mesa redonda, rodeada de algunas sillas. El ángel presuntuoso se sentó.

—¿Una calada? —me preguntó Pino.

—No, gracias, nunca fumo.

—Te equivocas... desde esta noche fumarás tú también —dijo el barman, del que podía advertir el cuerpo torneado y esbelto, la piel oscura y el cabello crespo, largo hasta los hombros.

—No, siento desilusionarte. Cuando digo no es no. Nunca he fumado, no fumaré ahora y no sé si fumaré en el futuro. Encuentro inútil hacerlo y por eso dejo que lo hagáis vosotros.

—Pero al menos no nos escatimarás un bonito panorama —dijo Roberto, golpeando la mano sobre la tabla de la mesa—, siéntate aquí.

Me senté sobre la mesa con las piernas abiertas, los tacones de las botas clavados en la madera y el sexo expuesto a la vista de todos. Roberto acercó la silla, apuntó la vela encendida hacia mi pubis para iluminarlo. Liaba su canuto dirigiendo la mirada primero hacia la hierba olorosa y luego hacia mi Secreto. Le brillaban los ojos.

—Tócate —me ordenó.

Entonces introduje suavemente un dedo en mi herida y él dejó de fumar para entregarse a la vista de mi sexo.

Desde atrás llegó alguien que me besó los hombros, me cogió entre los brazos y me encajó a su cuerpo introduciendo su asta dentro de mí. Estaba inerme. Bajé los ojos apagados. Vacíos. No quise mirar.

—Eh, no, no... ya lo hemos hablado antes... nadie la penetrará esta noche —dijo Pino.

El barman se fue a la otra habitación y recuperó la

venda que antes me había cubierto los ojos. Me vendaron de nuevo y una mano me obligó a arrodillarme.

—Ahora, Melissa, te pasaremos el gran porro —oí la voz de Roberto—, y cada vez que uno de nosotros lo tenga en la mano haremos chasquear los dedos y te tocaremos la cabeza, así sabrás que has llegado. Tú te acercarás a donde se te mande y te lo meterás en la boca hasta que nos corramos. Cinco veces, Melissa, cinco. De ahora en adelante ya no hablaremos. Buena suerte.

En mi paladar se mezclaron cinco gustos distintos, los cinco sabores de cinco hombres. Cada sabor, su historia; cada poción, mi vergüenza. Durante esos momentos tuve la sensación y la ilusión de que el placer no era sólo carnal, que era belleza, alegría y libertad. Y, desnuda en medio de ellos, sentí la pertenencia a otro mundo, desconocido. Pero luego, en cuanto salí por aquella puerta, sentí el corazón destrozado y una vergüenza indecible.

Después me abandoné sobre la cama y noté que mi cuerpo se entumecía. En el escritorio de la habitación estrecha veía relampaguear el *display* de mi móvil y sabía que me estaban llamando de casa, ya eran las dos y media de la mañana. Pero entonces alguien entró, se puso encima de mí y me folló. Otro lo siguió y apuntó el pene hacia mi boca. Y cuando uno había terminado, el otro descargaba sobre mí su líquido blancuzco. Y también los demás. Suspiros, lamentos, gruñidos. Y lágrimas silenciosas.

Regresé a casa llena de esperma y con el maquillaje babeado. Mi madre me esperaba dormida en el sofá.

—Aquí estoy —dije—, he vuelto.

Estaba demasiado amodorrada como para regañarme por la hora, así que asintió con la cabeza y se fue hacia el dormitorio.

Entré en el cuarto de baño, me miré al espejo y ya no vi la imagen de quien se observaba encantada hace algunos años. Vi unos ojos tristes, su expresión lastimera subrayada por la pintura negra que corría por las mejillas. Vi una boca violada varias veces esta noche y que ha perdido su frescura. Me sentí invadida, manchada por corpúsculos extraños.

Luego, cogí el cepillo del pelo y me dí cien pasadas por la melena, cien golpes antes de irse a dormir, como hacían las princesas, dice siempre mi madre, pero aún ahora, mientras te escribo en el corazón de la noche, mi vagina huele a sexos.

—¿Te divertiste ayer? —me preguntó esta mañana mi madre, cubriendo con un bostezo el pitido de la cafetera.

Me encogí de hombros y respondí que había pasado una velada como todas.

—Tu ropa tenía un olor rarísimo —dijo, con la mirada característica de quien quiere saber y entender todo de los demás, con mayor razón si se trata de mí.

Espantada, me volví de golpe mordiéndome los labios, pensé que quizá había olido el esperma.

—¿A qué? —pregunté, fingiendo calma, observando distraídamente el sol a través de la ventana de la cocina.

—A humo... no sé... marihuana —dijo, disgustada.

Aliviada, me volví, sonreí levemente y exclamé:

—Bueno... ya sabes, ayer había gente que fumaba. No podía pedirles que lo apagaran.

Me observó con mirada torva y dijo:

—¡Vuelve a casa fumada y no sales ni para ir al colegio!

—Mmm, bueno —bromeé—, trataré de encontrar algún camello de confianza. Gracias, me has dado una excelente coartada para no ir a esas clases de mierda.

Como si lo que hiciera daño fuera sólo el hachís. Me

fumaría gramos y gramos con tal de no experimentar esta extraña sensación de vacío, de nada. Es como si estuviera suspendida en el aire: observo con deleite desde lo alto lo que hice ayer. No, aquella no era yo. Aquella que se dejó tocar por las manos ávidas de los desconocidos es la que no se ama. Aquella que recibió el esperma de cinco hombres distintos es la que no se ama. La que de-jó que le contaminaran el alma, donde hasta entonces no existía el dolor, es la que no se ama.

Yo, yo soy la que se ama, soy la que esta noche le ha devuelto el brillo a su pelo después de haberlo cepillado con esmero cien veces, la que ha recuperado la suavidad infantil de los labios. La que se ha besado, compartiendo consigo misma el amor que ayer le ha sido negado.

20 de diciembre

Tiempo de regalos y de sonrisas falsas, de moneditas echadas, con una dosis momentánea de buena conciencia, en las manos de los gitanos con niños en brazos en las esquinas. A mí no me gusta comprar regalos para los demás, los compro sólo para mí, quizá porque no tengo a nadie a quien dárselos. Esta tarde salí con Ernesto, un tío que conocí en un chat. En seguida me cayó simpático, intercambiamos los números y comenzamos a vernos como buenos amigos. Aunque es un poco distante, absorbido por la universidad y por sus misteriosas amistades.

Salimos a menudo a hacer compras y no me avergüenzo cuando entro con él en alguna tienda de lencería, es más, muchas veces también él compra.

—Para mi nueva novia —dice siempre.

Pero nunca me ha presentado a ninguna.

Da la impresión de tener una buena relación con las dependientas, se tutean y a menudo se ríen. Yo revuelvo entre los percheros buscando las prendas que deberé ponerme para él cuando llegue a amarme. Las tengo bien dobladas en el primer cajón de la cómoda, intactas.

En el segundo cajón tengo la ropa interior que llevo en los encuentros con Roberto y sus amigos. Medias destrozadas por sus uñas y bragas con el encaje un poco desgarrado, con pequeños hilos de algodón que cuelgan porque fueron tironeados por manos anhelantes. No les importa, les basta con que sea una cerda.

Al principio, siempre compraba ropa interior de encaje blanco y estaba atenta a conjuntarla bien.

—El negro te iría mejor —me dijo una vez Ernesto—, va bien con tu tez y el color de tu piel.

Seguí su consejo y desde entonces sólo compro encaje negro.

Lo veo interesado en las tangas de colores, dignas de una bailarina brasileña: rosa chicle, verde, azul eléctrico, y cuando quiere hacerse el serio elige el rojo.

—Tus amigas son muy especiales—le digo.

Él se ríe y dice:

—No tanto como tú —y mi ego vuelve a hincharse.

Los sujetadores que compra tienen casi todos relleno, nunca los combina con las braguitas, prefiere combinar colores inverosímiles.

Luego las medias: las mías son casi siempre autoadherentes y translúcidas, con la liga de encaje, rigurosamente negras, que chocan claramente con la blancura invernal de mi piel. Las suyas son de red, muy alejadas de mis gustos.

Cuando una chica le gusta más que las otras, Ernesto se zambulle en la muchedumbre de un gran almacén y compra para ella vestidos relucientes adornados con lentejuelas multicolores, con escotes vertiginosos y tajos audaces.

—¿Cuánto cobra por hora tu chica? —bromeo.

Él se pone serio y va a la caja sin responder. Entonces me siento culpable y dejo de hacerme la tonta.

Hoy, mientras paseábamos por las tiendas iluminadas y entre las dependientas mordaces y jóvenes, nos sorprendió la lluvia, que mojó los paquetes de cartulina gruesa que llevábamos en la mano.

—¡Bajo un pórtico! —dijo a voz en cuello, mientras me aferraba la mano.

—¡Ernesto! —dije a mitad de camino, entre intolerante y divertida. —¡En Via Etnea no hay pórticos!

Me miró estupefacto, se encogió de hombros y exclamó:

—¡Entonces vamos a mi casa!

No quería ir, sabía que uno de sus compañeros de piso es Maurizio, un amigo de Roberto. No tenía ganas de verlo, y menos aun de que Ernesto descubriera mis actividades secretas.

Desde donde estábamos, su casa quedaba a apenas más de cien metros de distancia. Los recorrimos a paso ligero, cogidos de la mano. Fue agradable correr con alguien sin tener que pensar que después tenía que tenderme en una cama y soltarme con desenfreno. Me gustaría, por una vez, ser quien decide: cuándo y dónde hacerlo, durante cuánto tiempo, con cuánto deseo.

—¿Hay alguien en casa? —le susurré, mientras subíamos las escaleras.

Mi eco rebotaba.

—No —respondió, jadeando—, se han ido todos a

casa por las vacaciones. Sólo se ha quedado Gianmaria, pero en este momento también está fuera.

Contenta, lo seguí, mirándome de reojo en el espejo de la pared.

Su casa está semivacía y la presencia de cuatro hombres es visible: hay mal olor (sí, ese opresivo olor a esperma) y el desorden tiende a reinar en las habitaciones.

Tiramos los paquetes por el suelo y nos quitamos los abrigos empapados.

—¿Quieres una camiseta mía? Mientras tu ropa se seca.

—Está bien, gracias —respondí.

Llegados a su cuarto, que era una biblioteca, entornó la puerta del armario con un cierto recelo y, antes de que estuviera completamente abierta, me pidió que fuera a buscar los paquetes.

Cuando volví cerró deprisa el armario y yo, divertida y empapada, exclamé:

—¿Qué tienes ahí? ¿A tus mujeres muertas?

Sonrió y respondió:

—Más o menos.

El tono despertó mi curiosidad y, para evitar que le hiciera más preguntas, dijo, arrancándome las bolsas de las manos:

—Venga, déjame ver. ¿Qué has comprado, pequeña?

Abrió con ambas manos la cartulina mojada y metió la cabeza como un niño que recibe su regalo de Navidad. Sus ojos brillaban y con la punta de los dedos extrajo un par de bragas negras.

—Oh, oh. ¿Y qué haces con éstas, eh? ¿Para quién te las pones? No creo que las uses para ir al colegio...

—Tenemos secretos, nosotros —dije, irónica, consciente de que despertaba sus sospechas.

Me miró sorprendido, inclinó un poco la cabeza a la izquierda y dijo, en voz baja:

—¿Quieres decir...? Oigámoslos, ¿qué secretos tienes?

Estoy cansada de guardármelos dentro, diario. Se los conté. Su rostro no cambió de expresión, siguió con la misma mirada atónita de antes.

—¿No dices nada? —pregunté, fastidiada.

—Son tus cosas, pequeña. Sólo puedo decirte que vayas con cuidado.

—Demasiado tarde —dije, con tono de falsa resignación.

Tratando de disimular mi incomodidad me reí fuerte y luego dije con voz alegre:

—Bueno, guapo, ahora es el turno de tu secreto.

Su palidez se encendió, los ojos se movían de prisa por toda la habitación, inseguros.

Se levantó del sofá-cama tapizado con una tela de flores pálidas y, a grandes pasos, se dirigió hacia el armario. Abrió una hoja con un gesto violento, señaló con un dedo las prendas colgadas y dijo:

—Éstos son los míos.

Reconocía aquellas ropas, las habíamos comprado juntos y estaban colgadas allí sin etiqueta y visiblemente usadas y arrugadas.

—¿Qué significa esto, Ernesto? —pregunté en voz baja.

Sus movimientos se hicieron más lentos, los músculos se relajaron y los ojos miraban al suelo.

—Estos vestidos los compro para mí. Me los pongo... para trabajar.

También yo evité cualquier comentario, en realidad no pensaba en nada. Pero, un instante después, en mi cabeza se amontonaban todas las preguntas: ¿para trabajar? ¿en qué trabajas? ¿dónde trabajas? ¿por qué?

Comenzó él, sin que yo le hubiera preguntado nada.

—Me gusta disfrazarme de mujer. Empecé hace algunos años. Me encierro en mi cuarto, coloco la telecámara sobre la mesa y me disfrazo. Me gusta, me siento bien. Después me observo en la pantalla y... bueno... me excito... Y a veces me dejo ver en *cam* por alguien que me lo pide.

Un rubor espontáneo y potente se lo estaba tragando.

Un silencio ubicuo, sólo el rumor de la lluvia que caía del cielo, formando sutiles hilos metálicos que nos enjaulaban.

—¿Te prostituyes? —pregunté, sin rodeos.

Asintió, cubriéndose en seguida el rostro con ambas manos.

—Meli, créeme, sólo hago servicios de boca, nada más. A veces alguno también me pide... darme por el culo, pero, te lo juro, no lo hago nunca... Es para pagarme los estudios, ya sabes que mis padres no pueden permitirse... —habría querido continuar, buscar alguna otra justificación.

Sé también que a él le gusta.

—No te lo reprocho, Ernesto —dije un momento después, concentrada en la ventana en cuyos cristales brillaban, nerviosas, las gotitas.

—Mira... cada uno elige su vida, lo dijiste tú mismo hace sólo unos minutos. A veces también los caminos tortuosos pueden ser intachables, y viceversa. Lo importante es que seamos fieles a nosotros mismos y a nuestros sueños, porque sólo así podremos decir que hemos elegido lo mejor. Dicho esto, ahora lo que quiero saber es por qué lo haces... de verdad.

Fui hipócrita, lo sé.

Me miró con ojos tiernos y desbocados de preguntas. Luego dijo:

—¿Y tú, por qué lo haces?

No respondí, pero mi silencio era elocuente. Mi conciencia aullaba a tales decibelios que, para tenerla a raya, le dije con toda espontaneidad, sin avergonzarme:

—¿Por qué no te disfrazas para mí?

—¿Y ahora por qué me pides eso?

Ni yo lo sabía.

Un poco cohibida le dije, en un susurro:

—Porque hay belleza en descubrir dos identidades en un cuerpo: hombre y mujer en la misma piel. Otro secreto: me excita. Incluso mucho. Y luego, perdona... pero es algo que nos apetece a los dos, nadie nos obliga. Un placer nunca puede ser un error, ¿no?

Veía su paquete hincharse bajo los pantalones, pero todavía trataba de esconderlo.

—Esta bien —dijo, lacónico.

Cogió del armario un vestido y una camiseta, que me lanzó.

—Perdóname, me había olvidado. Póntela.

—Tendré que desvestirme —dije.

—¿Te da vergüenza?

—No, no, imagínate —respondí.

Me desvestí mientras su excitación crecía con mi desnudez. Me metí en la gran camiseta con un estampado que decía «Bye bye Baby» sobre una Marilyn que guiñaba un ojo y observaba trasvestirse a mi amigo en una especie de rito sublime y estático. Se había puesto de espaldas para cambiarse y sólo logré ver sus movimientos y la tira del tanga que le dividía las nalgas cuadradas. Se volvió: minifalda negra, medias autoadherentes de red, botas muy altas, top dorado y sujetador relleno. He aquí cómo se me presentaba el amigo al que siempre he visto en Lacoste y Levi's. Mi excitación no era visible, pero existía.

Su cosa asomaba sin restricciones del tanga ajustado. La sacó del todo y empezó a frotársela.

Como si fuera el público de un espectáculo, me recosté en el sofá-cama y lo miré con atención. Tenía ganas de tocarme, incluso de poseer aquel cuerpo. Me asombró la frialdad, casi masculina, con que lo observaba masturbarse. Su rostro estaba trastornado y rociado por pequeñas gotas de sudor, mientras que mi placer llegaba sin penetración, sin caricias, sólo de la mente, de mí.

El suyo, en cambio, llegó vigoroso y seguro, lo vi saltar fuera y sentí su estertor, interrumpido cuando abrió los ojos.

Se tendió conmigo en el diván, nos abrazamos y nos dormimos.

Marilyn se restregaba el ojo cerrado en un guiño contra el aljofar dorado del top de Ernesto.

2002

3 de enero
2,30 de la mañana

De nuevo en la casa-museo, con las mismas personas. Esta vez jugábamos a que yo era la tierra y ellos los gusanos que la excavaban. Cinco gusanos distintos excavaron surcos en mi cuerpo, y el terreno, una vez en casa, era desmoronadizo y deleznable. Un viejo sayo amarillento de mi abuela estaba colgado en mi armario. Me lo puse, olí el perfume del suavizante y de un tiempo pretérito que se mezclaba con el presente absurdo. Me solté el pelo sobre los hombros, protegidos por aquel pasado reconfortante. Me olisqueé los cabellos sueltos y me fui a la cama con una sonrisa que pronto se transformó en llanto. Apacible.

En casa de Ernesto no había demasiados secretos. Le confié que lo que había sucedido entre nosotros me había despertado el deseo de ver a dos hombres uno dentro del otro. Quería ver a dos hombres follando, sí. Verlos follar como hasta ahora me han follado a mí, con la misma violencia, con la misma brutalidad.

No consigo detenerme, corro veloz como una ramita que se deja llevar por la corriente de un río. Aprendo a decir que no a los otros y sí a mí misma y dejar que la parte más profunda de mí salga a la superficie, me sacudo de encima el mundo circundante. Aprendo.

—Eres una sorpresa continua, Melissa. Una cantera de fantasías e imaginación —dijo, con la voz ronca del sueño del que acababa de salir.

—Voy en serio, Ernesto. Incluso estaría dispuesta a pagar —dije, aún abrazada a él. —¿Entonces? —pregunté, impaciente después de un momento de silencio.

—¿Entonces qué?

—Tú que eres, bueno... del ambiente... ¿no conoces a nadie dispuesto a dejarse mirar?

—¡Venga, qué cosas se te ocurren! ¿No puedes quedarte quieta, quietecita y fabricarte historias normales?

—Para empezar, lo de quieta quietecita no me va

—dije—, y para continuar ¿qué entiendes por historias normales?

—Historias de una chica de dieciséis años, Meli. Tú chica, él chico. Amor y sexo equilibrados, lo suficiente.

—Bueno, ¡en mi opinión ésa es la verdadera perversión! —dije, histérica—, en resumen... una vida aplastante: los sábados por la tarde en la Piazza Teatro Massimo, los domingos por la mañana almuerzo a la orilla del mar, sexo rigurosamente el fin de semana, confidencias con los padres, etcétera, etcétera... ¡mejor estar sola!

Otro silencio.

—Y además, estoy hecha así, no me cambiaría por nadie. ¡Pero mira quién habla! —le grité a la cara, con sarcasmo.

Se rió y me acarició la cabeza.

—Pequeña, yo te quiero, ¡no querría que te ocurriera nada desagradable!

—Me sucederá si no hago lo que quiero. Y también yo te quiero.

Me habló de dos chicos, estudiantes del último curso de derecho. Los conoceré mañana, después del colegio me vendrán a buscar a Villa Bellini, delante de la fuente de los cisnes. Llamaré a mi madre para decirle que pasaré toda la tarde fuera a causa del curso de teatro.

10 de enero

15,45

—¡Menudas idiotas que sois las mujeres! Mirar a dos hombres follando... ¡venga! —dijo Germano, mientras conducía.

Sus ojos eran grandísimos y oscuros. El rostro macizo y bien esculpido coronado por bellísimos rizos negros que hacían de él, de no ser por la tez clara, un joven africano vigoroso y soberbio. Conducía el coche sentado como el Rey de la selva, alto y majestuoso, los dedos largos y ahusados apoyados en el volante, un anillo de acero con unos signos tribales resaltaba en la blancura de la mano y en su extraordinaria suavidad.

Con una vocecita aguda y amable el otro chico, de labios delgados, respondía detrás de mí:

—Déjala, ¿no ves que es nueva? Y es tan pequeña... mira qué carita tiene, tan tierna. ¿Estás segura, niña, de que quieres hacerlo?

Asentí con la cabeza.

Por lo que entendí, los dos han aceptado este encuentro porque le debían un favor a Ernesto, aunque no entendí qué le estaban pagando. El hecho es que Germano estaba irritado por esta situación y, de haber podido, me habría dejado al borde de la carretera desierta que recorríamos. Sin embargo, un entusiasmo desconocido le brillaba en los ojos, era una sensación sutil que sentía llegar de manera intermitente. Durante el viaje, el silencio era nuestra compañía. Estábamos yendo por unos caminos campestres, debíamos llegar al chalé de Gianmaria, el único sitio en que nadie nos molestaría. Era una vieja finca construida en piedra, rodeada de olivos y de abetos. Más lejos se veían los viñedos, las vides, muertas en aquella temporada. El viento soplaba con fuerza y cuando Gianmaria bajó para abrir el enorme portón de hierro, decenas de hojas entraron en el coche y cayeron sobre mi cabello. El frío era punzante, el olor típico de la tierra mojada y de las hojas pudriéndose bajo el agua durante mucho tiempo. Sostenía el bolsito en la mano y estaba erguida sobre mis botas altas, rígida por el hielo. Sentía la punta de la nariz helada y las mejillas inmóviles, anestesiadas. Llegamos a la puerta principal sobre la que estaban tallados los nombres que diferentes niños habían impreso sobre la madera en sus juegos estivales, un signo del paso del tiempo. También estaban los de Germano y Gianmaria... debo largarme, diario, mi madre ha abierto de par en par la puerta y me ha dicho que tengo que acompañarla a ver a mi tía (se ha roto una cadera, está en el hospital).

Esta noche, he tenido un sueño.

Bajo del avión, el cielo de Milán me muestra un rostro arrugado y hostil. El viento gélido y pegajoso me desordena el pelo recién salido de la peluquería y lo apelmaza. Con la luz grisácea, mi rostro toma un color apagado y mis ojos parecen vacíos, cercados por sutiles esferas fosforescentes que me dan un aire aún más extraño.

Tengo las manos frías y blancas, de muerta. Llego al interior del aeropuerto y me reflejo en un cristal: noto mi rostro delgado y descolorido, mi pelo larguísimo, alborotado y horrible; mis labios están cerrados, herméticamente sellados. Percibo una extraña excitación, sin motivo.

Luego me vuelvo a ver tal como me representa el espejo, pero en otra parte. En vez de estar en este aeropuerto, vestida con mis habituales ropas de marca, estoy en una celda oscura y hedionda a la cual llega poquísima luz, así que no estoy ni siquiera en condiciones de ver qué llevo puesto, qué aspecto tengo. Lloro, estoy sola. Fuera debe de ser de noche. Al fondo del corredor entreveo una luz vacilante, pero de color intenso. Ni un rumor. La luz del corredor se acerca. Está cada vez más próxima y me espanta, porque no oigo ningún paso. El hombre que llega se mueve con cautela, es alto y vigoroso.

Apoya ambas manos en los barrotes y yo, secándome el rostro, me levanto y voy a su encuentro. La luz de la antorcha ilumina su rostro dándole un aire diabólico, mientras que el resto del cuerpo se mantiene a oscuras. Veo sus ojos enormes y famélicos, de un color indefinible y dos labios grandes, entreabiertos, que permiten vislumbrar una hilera de dientes blanquísimos. Se lleva un dedo a la boca dándome a entender que no debo hablar. Me quedo observando su rostro desde muy cerca y me doy cuenta de que es fascinante, misterioso y bellísimo. Un temblor tremendo me sacude cuando apoya sus dedos perfectos sobre mis labios, realizando un movimiento rotatorio. Lo hace suavemente, mis labios ahora están húmedos y yo, con un gesto casi espontáneo, me acerco aún más a los barrotes presionando mi rostro contra ellos. Ahora sus ojos se iluminan, pero su calma es perfecta e intemporal: sus dedos entran profundamente en mi boca y mi saliva los hace deslizarse mejor.

Luego los saca y ayudándose con la otra mano rasga mis ropas gastadas, por la parte de arriba, dejando al descubierto mis senos redondos. Los pezones están duros y erizados por el frío que entra por el ventanuco y, cuando

los toca con sus dedos mojados, se vuelven aún más pé-
treos. Apoya sus labios en los senos; primero los olisquea
y, luego los besa. El placer me echa la cabeza hacia atrás,
pero mis pechos siguen firmes, consintiendo a sus de-
mandas. Se detiene, me mira y sonríe. Con una mano
hurga entre sus ropas: y al acercarme me doy cuenta de
que es un hombre de iglesia.

Hay un tintineo de llaves y el ruido de una puerta de
hierro que se cierra lentamente. Ahora está dentro.
Conmigo. Termina de rasgar mis ropas a todo lo largo
y deja al descubierto el vientre y también más abajo,
donde está mi punto más caliente. Lentamente me hace
recostar en el suelo. Hunde su cabeza y su lengua entre
mis piernas. Ahora ya no tengo frío, tengo ganas de sen-
tirme, de percibirme a través de él. Lo atraigo hacia mí y
siento mis humores bajo su cuerpo. Palpo debajo de la
túnica y encuentro su miembro erecto y bellísimo en mi
mano, que hurga cada vez más afanosamente... Su pene
bajo la túnica quiere salir y lo ayudo levantando el man-
to negro.

Entra en mí, nuestros líquidos se encuentran y se
desliza fácilmente como el cuchillo en la mantequilla caliente, pero sin golpearme. Saca su miembro y se sienta
en un rincón. Yo lo hago esperar y después me acerco
a él. Lo sumerge de nuevo en mi playa espumeante.

Bastan pocos golpes, duros, secos y repentinos para llevarme a un placer infinito. Nos corremos al unísono. Se recompone y me abandona aún más desconsolada que antes.

Luego abro los ojos y estoy de nuevo en el aeropuerto, observo mi rostro.

Un sueño dentro de un sueño. Un sueño que es el eco de lo que ha sucedido ayer. Sus ojos eran los mismos de Germano. El fuego de la chimenea los iluminaba, los hacía brillar. Gianmaria había entrado con dos gruesos troncos y un par de ramas. Los dispuso en la chimenea que comenzó a alumbrar el ambiente haciéndolo más acogedor. Un calor desconocido y reconfortante me invadía. Lo que estaba observando no me provocaba ninguna sensación horrible ni vergonzosa, al contrario. Era como si mis ojos estuvieran habituados a ciertas escenas, y la pasión que en todo este tiempo chocó contra mi piel salió volando y golpeó el rostro de los dos jóvenes que involuntariamente estaban en mis manos. Los veía encajarse el uno en el otro: yo en el sillón junto a la chimenea. Ellos en el diván de enfrente mirándose y tocándose con la fogosidad del amor. Cada uno de sus gemidos era un «te amo» hacia el otro y cada golpe que sentía en mis vísceras, devastador y doloroso, era para ellos una cándida caricia. Quería formar parte de aquella intimidad incomprendida, de su refugio amoroso y tierno, pero no lo propuse, sólo los miré como habíamos acordado, desnuda y cándida en el cuerpo y en los pensamientos. Luego, Germano me lanzó una mirada dichosa. Se retiró del encaje y para mi estupor se arrodilló delante de mí y me abrió despacio los muslos. Esperó un ademán mío para zambullirse en ese universo. Lo consiguió durante un momento, luego volvió a ser él mismo, el duro e implacable Rey africano. Ocupó mi puesto y tirándome del pelo me dirigió hacia su miembro, y aquél fue el momento en que noté sus ojos. Aquél fue el momento en que entendí que su pasión no era distinta de la mía: ambas se dieron la mano, chocaron y luego se fundieron.

Se durmieron abrazados en el diván, mientras yo seguí mirándolos, con la piel incandescente por las llamas de la chimenea, sola.

24 de enero

El invierno me aletarga, en todos los sentidos. Los días son tan iguales y monótonos que ya no consigo soportarlos. Despertador tempranísimo, colegio, conflictos con los profesores, vuelta a casa, deberes hasta altísimas horas, la sandez de la tele y, cuando los ojos todavía aguantan, algún libro y a la cama. Día tras día, el tiempo avanza así, salvo alguna llamada imprevista del ángel presuntuoso y de sus diablos. En esos casos me visto lo mejor posible, me quito las ropas de diligente estudiante y me pongo las de la mujer que enloquece a los hombres. Les agradezco que me den la posibilidad de alejarme de la mediocridad y ser algo distinto.

Cuando estoy en casa, me conecto a internet. Busco, exploro. Busco todo lo que me excita y, al mismo tiempo, me eferma. Busco la excitación que nace de la humillación. Busco la aniquilación. Busco a los individuos más extraños, aquellos que me envían fotos sadomaso, aquellos que me tratan como una verdadera puta. Aquellos que quieren desahogarse. Rabia, esperma, angustia y miedo. No soy distinta de ellos. Mis ojos asumen una luz enfermiza, mi corazón late a tontas y a locas. Creo (¿o quizá me ilusiono?) que encontraré en los meandros de la red a alguien dispuesto a amarme. Cualquiera que sea: hombre, mujer, viejo, chico, casado, soltero, gay o transexual. Todos.

Ayer por la noche accedí al foro lésbico. Probar con una mujer. La idea no me repugna del todo. Más que nada me incomoda, me da miedo. Algunas me han contactado pero las descarté en seguida, antes de ver las fotos.

Esta mañana encontré un e-mail en mi dirección de correo: es de una chica de veinte años. Dice que se llama Letizia, también ella es de Catania. El mensaje dice muy poco, sólo su nombre, su edad y su teléfono.

1 de febrero
19,30

En el colegio me han ofrecido un papel en la obra de teatro.

Al fin ocuparé mis días en algo divertido. Se estrenará más o menos dentro de un mes, en un teatro del centro.

5 de febrero
22,00

La llamé, tiene una voz un poco chillona. Tiene un tono alegre y desenvuelto, al contrario del mío, melancólico y grave. Después de un rato me solté, sonreí. No tenía ninguna gana de saber de ella ni de su vida. Sólo sentía curiosidad por conocerla físicamente. De hecho, le pedí:

—Perdona, Letizia... ¿Por casualidad no tienes una foto para mandarme?

Se rió con ganas y exclamó:

—¡Claro! Enciende el PC, te la envío ya mismo, mientras estamos al teléfono, así me dices.

—¡OK! —dije, satisfecha.

Hermosa, increíblemente hermosa. Y desnuda. Atractiva, sensual, cautivadora.

Balbucí:

—¿De verdad eres tú?

—¡Desde luego! ¿No te lo crees?

—Sí, sí, claro que te creo... Eres... guapísima —dije asombrada (¡y atontada!) por la foto y por mi arrobo. En realidad, no me gustan las mujeres... No me vuelvo por la calle cuando pasa una mujer atractiva, no suspiro por las formas femeninas y nunca he pensado seriamente en una relación de pareja con una mujer. Pero Letizia tiene un rostro angelical y unos hermosos labios carnosos. Bajo el vientre he visto un suave islote en el que atracar, rico y abrupto, oloroso y sensual. Y los pechos, como dos suaves colinas en cuyas cimas hay dos círculos rosados y grandes.

—¿Y tú —me preguntó—, tienes una foto para mandarme?

—Sí —le dije—, espera un momento.

Elegí una al azar, encontrada en la memoria de mi ordenador.

—Pareces un ángel —dijo Leticia—, eres deliciosa.

—Sí, parezco un ángel... Pero no lo soy, de verdad —dije, un poco alusiva.

—Melissa, quiero que nos veamos.

—Yo también —respondí.

Después cortamos la comunicación y ella me envió un SMS con el siguiente texto: «Te recorrería el cuello con besos ardientes, mientras te exploro con la mano.»

Me quité las bragas, me metí debajo de las mantas y puse fin a la dulce tortura que Letizia había encendido inconscientemente.

7 de febrero

Hoy en casa de Ernesto volví a ver a Gianmaria. Estaba contento, me abrazó con mucha fuerza. Me dijo que gracias a mí entre él y Germano las cosas habían cambiado. No me dijo en qué y tampoco se lo pregunté. Sin embargo, para mí sigue siendo oscuro el motivo que impulsó a Germano a comportarse así aquella noche, es evidente que la causa fui yo. Pero ¿de qué? ¿Por qué? Yo sólo fui yo misma, diario.

Aún más indagaciones, no acabarán nunca si antes no he encontrado lo que quiero. Pero en realidad no sé qué quiero. Busca, sigue buscando, Melissa, siempre.

Entré en un chat, en el foro «Sexo perverso» con el alias «whore». Busqué entre las distintas preferencias del perfil, introduje algunos datos que me interesaban. Él me contactó en seguida, «the_carnage». Fue directo, explícito, invasor y era exactamente lo que quería.

—¿Cómo te gusta que te follen? —me escribió para empezar.

Respondí:

—Con brutalidad, quiero ser tratada como un objeto.

—¿Quieres que yo te trate como un objeto?

—No quiero nada. Haz lo que debas hacer.

—Eres mi puta, ¿lo sabes?

—Para mí es difícil ser de alguien, no soy ni siquiera de mí misma.

Comenzó a explicarme cómo y dónde me metería la polla, cuánto tiempo la habría tenido dentro y cómo habría disfrutado.

Observaba el paso de las palabras que me enviaba,

cada vez más rápidas. Mi estómago se retorcía y, por dentro, me latía una vida y un deseo tan seductores que sólo podía ceder. Aquellas palabras eran el canto de las sirenas y me entregué a ellos consciente y, sin embargo, dolorosamente.

Sólo después de haberme contado que se había corrido en la mano me preguntó cuántos años tenía.

—Dieciséis —le escribí.

Digitó unos emoticones de estupor a lo largo de toda la ventana seguidos por un emoticón sonriente. Luego:

—¡Demonios! ¡Enhorabuena!

—¿Por qué?

—Ya tienes una gran experiencia...

—Sí.

— No me lo puedo creer.

—Qué quieres que te diga... Total, qué importancia tiene saberlo, no nos veremos nunca. Ni siquiera eres de Catania.

—¿Cómo que no? Sí, soy de Catania.

¡Joder...! ¡Encima la mala pata de que me contacte un catanés!

—¿Y ahora qué quieres de mí? —le pregunté, segura de la respuesta.

—Follarte.

—Ya lo has hecho.

—No —otro emoticón—, de verdad.

Lo pensé durante algunos segundos, luego marqué el número de mi móvil; en el momento de enviarlo tuve un instante de duda. Luego su «¡Gracias!» hizo que me diera cuenta de la tontería que acababa de cometer.

No sé nada de él, sólo que se llama Fabrizio y tiene treinta y cinco años.

La cita es dentro de media hora en el Corso Italia.

21,00

Sé perfectamente que esta vez el diablo se presenta con una falsa apariencia y manifiesta su identidad sólo después de haberme conquistado. Primero te mira con ojos verdes y brillantes, luego te sonríe bonachonamente, te da un beso leve en el cuello y después te traga.

El hombre que se me presentó era elegante y no precisamente guapo. Alto, robusto, pelo canoso y escaso (quién sabe si tendrá de verdad treinta y cinco años), ojos verdes y dientes grises.

Al primer impacto me quedé fascinada pero, inmediatamente después, el pensamiento de que era el mismo hombre del chat me hizo estremecerme. Recorrimos las aceras limpias a las que se asoman las tiendas elegantes de escaparates relucientes. Me habló de sí mismo, de su trabajo y de su mujer, a la que nunca ha amado, pero con la que se casó obligado por el nacimiento de una niña. Tiene una bonita voz, pero una risa estúpida que me fastidia.

Mientras caminábamos me rodeó el pecho con un brazo y yo me puse una sonrisa de circunstancias, molesta por su indiscreción e inquieta por lo que sucedería después.

Podía marcharme, coger mi moto y volver a casa, mirar a mi madre mientras amasaba la harina para la tarta de manzanas, oír a mi hermana leyendo en voz alta, podía jugar con el gato... Puedo disfrutar perfectamente de la normalidad y vivir dentro de ella, tener los ojos luminosos sólo porque he sacado una buena nota en el colegio, sonreír tímidamente porque se me hace un cumplido. Pero nada me asombra, todo está vacío y hundido, todo es vano, carente de consistencia y de sabor.

Lo seguí hasta su coche, que nos llevaría derecho a un garaje. El techo tenía manchas de humedad y los cajones y herramientas llenaban todo el espacio, de por sí pequeño.

Fabrizio entró en mí despacio, se echó levemente so-

bre mí y por suerte no sentí el peso de su cuerpo encima.
Quiso besarme, pero volví la cabeza porque yo no quería. Nadie me besa desde los tiempos de Daniele, el calor
de mis suspiros lo reservo a mi imagen reflejada y la suavidad de mis labios ha estado incluso demasiadas veces
en contacto con los miembros sedientos de los diablos
del ángel presuntuoso y, sin embargo, ellos, estoy segura, no la han saboreado. Así que moví la cabeza para evitar el contacto con sus labios, pero no le hice sentir mi
repulsión. Fingí que quería cambiar de posición y él,
como un animal, mudó la dulzura que antes me había
asombrado en cruel bestialidad, gruñendo y llamándome a gritos, mientras sus dedos presionaban la piel de
mis caderas.

—Estoy aquí —le decía, y la situación me parecía
grotesca. No entendía por qué estaba pronunciando mi
nombre, pero permanecer impasible a sus reclamos me
parecía incómodo, así que lo tranquilizaba diciendo—:
Estoy aquí —y él se calmaba un poco.

—Déjame correrme dentro, te lo ruego, déjame correrme dentro —decía, trastornado de placer.

—No, no puedes.

Salió de golpe, pronunciando más fuerte mi nombre
hasta que se convirtió en un eco cada vez más débil, un
largo suspiro final. Luego, no contento, volvió sobre mí,

se agachó: otra vez lo tenía dentro, su lengua me tocaba apresurada, irrespetuosa. Mi placer no llegó y el suyo volvía como algo inútil, que no me concernía.

—Tienes unos labios gruesos y jugosos, dan ganas de morderlos. ¿Por qué no te los depilas? Estarías más guapa.

No respondí, no son asuntos suyos lo que yo haga con los labios de mi coño.

El ruido de un coche nos espantó, nos vestimos de prisa (no veía la hora) y salimos del garaje. Me acarició el mentón y dijo:

—La próxima vez, mi niña, lo haremos con más comodidad.

Bajé del coche, que tenía los cristales empañados, y en la calle todos advirtieron que salía despeinada y desaliñada de aquel vehículo conducido por alguien de pelo canoso con la corbata desarreglada.

11 de febrero

En el colegio no me va demasiado bien. Será que soy perezosa y dispersa, será que los profesores son demasiado esquemáticos y categóricos... Quizá tenga una visión un poco idealista del colegio y de la enseñanza en general, pero la realidad me desilusiona completamente. ¡Odio las matemáticas! El que no sean algo opinable me disgusta. ¡Y luego esa idiota de la profe que sigue llamándome ignorante sin saber explicarme nada! En el «Mercatino» he buscado los anuncios de profesores particulares y he encontrado un par que son interesantes. Sólo uno estaba disponible. Es un hombre, por la voz parece bastante joven, nos veremos mañana para ponernos de acuerdo.

No puedo sacarme a Letizia de la cabeza, de la mañana a la noche, no sé qué me ocurre. A veces me parece que estoy dispuesta a todo.

22,40

Me ha telefoneado Fabrizio, hemos hablado largo y tendido. Al fin me ha preguntado si por casualidad yo disponía de algún lugar. He contestado que no.

—Entonces es el momento de que te haga un buen regalo —dice.

Me abrió la puerta en camisa blanca y pantalones cortos de color negro, pelo mojado y gafas de montura fina. Me mordí los labios y lo saludé. Su saludo fue una sonrisa y cuando dijo: —Por favor, Melissa, ponte cómoda—, sentí la misma sensación de cuando de pequeña mezclaba leche, naranjas, chocolate, café y fresas en el curso de una hora. Le gritó a alguien que estaba en otra habitación, diciendo que iba al cuarto conmigo. Abrió la puerta y por primera vez en mi vida entré en el dormitorio de un hombre normal: nada de fotos pornográficas, ningún trofeo imbécil, nada de desorden. Las paredes estaban tapizadas de fotos viejas, de pósters de antiguos grupos de *heavy metal* y de estampas impresionistas. Y un perfume particular y seductor me embriagaba.

No se disculpó por el atuendo, sin duda informal, y me encantó que no lo hiciera. Me dijo que me sentara en la cama, mientras él cogía la silla del escritorio y la acercaba, sentándose frente a mí. Estaba un poco incómoda... ¡como para no estarlo! Esperaba un árido profesorzuelo con jersey de cuello en V color amarillo canario, pelo a juego, teñido para acompañar el jersey. Se me presentó un hombre joven, bronceado, perfumado y terriblemente fascinante. Aún no me había quitado el abrigo y con una carcajada, me dijo:

—Oye, no te comeré si te lo quitas.

También me reí, disgustada porque no pudiera comerme. Aún no había advertido sus zapatos: afortunadamente ningún calcetín blanco, sólo un tobillo delgado y un pie cuidado y bronceado, que hacía movimientos concéntricos mientras discutíamos la tarifa, el programa y las horas de clase.

—Debemos empezar desde muy, muy lejos —dije.

—No te preocupes, te haré empezar por la tabla del dos —se pitorreó.

Estaba sentada al borde de la cama, con una pierna cruzada y una mano apretando la otra.

—Qué bonita manera de sentarte —me interrumpió, mientras hablaba de mi profe de matemáticas.

Me mordí nuevamente los labios y bufé como para decir: «Venga, vamos, ¡qué dices...!»

—Ah, me olvidaba. Me llamo Valerio, nunca me llames profesor, me harás sentir demasiado viejo —dijo, levantando un dedo falsamente amenazador y cambiando de conversación.

Dudé un poco: después de tantas ocurrencias suyas, era obvio que también yo debería salir con alguna.

Me aclaré la voz y dije, lentamente:

—¿Y si yo quisiera llamarte deliberadamente profesor?

Esta vez fue él quien se mordió los labios, sacudió la cabeza y preguntó:

—¿Y por qué querrías hacerlo?

Me encogí de hombros y después de un momento dije:

—Porque así es más bonito, ¿no, profesor?

—Llámame como quieras, pero no me mires con esos ojos —dijo, visiblemente turbado.

He aquí que vuelvo a empezar siempre la misma historia. Qué puedo hacer, soy incapaz de evitarlo, de probar a quien tengo delante y me gusta. Lo golpeo con cada palabra y con cada silencio, me hace sentir bien. Es un juego.

18 de febrero,
20,35

Ya están cenando en la cocina. Yo me he tomado un momento para escribir, porque quiero darme cuenta de verdad de lo que ha sucedido.

Hoy he tenido la primera clase con Valerio. Con él logro entender algo, quizá porque tiene unos hermosos hombros o unas manos ahusadas y elegantes que acompañan la evolución de la pluma. He logrado hacer un par de ejercicios, aunque con esfuerzo. Él, muy serio, profesional, y esto lo hacía más fascinante. Me cautivó. Las miradas que me dirigía eran admirativas y, sin embargo, trataba de mantener una cierta distancia entre él y yo, sin que mi malicia interfiriera en su trabajo.

Llevé una falda ajustada para la ocasión, quería seducirlo descaradamente. Así, cuando me levanté para ir hacia la puerta, él comenzó a caminar casi pegado a mí. Yo, por jugar, alternaba pasos rápidos y distanciados con pasos lentos. De este modo dejaba que se acercarse para después retirarme inmediatamente.

Mientras apretaba el botón para llamar el ascensor, sentí su aliento en el cuello y con un susurro dijo:

—Mañana, entre las diez y las diez y cuarto, mantén el teléfono libre.

19 de febrero
22,30

Dos noticias (como de costumbre, una buena y otra mala).

Fabrizio ha comprado un pequeño apartamento en

el centro donde podemos vernos sin ser descubiertos por las respectivas familias.

Ha exclamado contento por teléfono:

—He hecho montar una pantalla gigante frente a la cama, así podremos ver ciertas películas, ¿eh, mi niña? Ah, obviamente también tú tienes las llaves. Un gran beso en tu bellísima mejilla. Chau. Chau.

Obviamente, ésta es la noticia desagradable.

No me ha dado tiempo de responder, de plantearle mis perplejidades, mis dudas. Lo que ha hecho me parece demasiado atolondrado. Tenía la intención de irme a la cama con él sólo una vez y luego adiós y gracias, ¡no quiero convertirme en la amante de un hombre casado con una hija a cargo! No los quiero a él ni a su apartamento, su pantalla gigante para películas porno; no quiero que compre mi despreocupación como quien compra alta tecnología. Con Daniele y el ángel presuntuoso ya he dado bastante y ahora que estoy volviendo a vivir a mi manera, llega un ogro gordo y encorbatado y me dice que quiere comprometerse sexualmente conmigo. Pero los castigos aletean siempre sobre nuestras cabezas, las puntas afiladas de las espadas están siempre listas para golpearnos en el centro del cráneo cuando menos lo esperamos. Y la espada lo golpeará también a él, porque yo cogeré la empuñadura.

Ahora la buena noticia.

La llamada ha llegado puntual y ha terminado puntual.

Estaba desnuda, sentada en el suelo de mi habitación, y mi piel estaba en contacto con el mármol frío. El teléfono en la mano y su voz suspirada, que me llegaba fluida y sensual. Me contó esta fantasía suya. Yo seguía en clase una de sus lecciones; en un momento dado le pedía permiso para ir al baño y, mientras salía, le entregaba un papelito en el que estaba escrito «sígueme». Lo esperaba en el baño, él llegaba, me arrancaba la camiseta y con la punta de los dedos recogía las gotitas que caían de la pila estropeada. Las apoyaba en mi pecho y descendían lentamente. Luego me levantaba la faldilla de tablas y entraba en mí, mientras yo estaba apoyada en la pared y recogía su placer en mis vísceras. Las gotitas aún fluían por mi cuerpo, lo mojaban un poco dejando pequeñas estelas sobre la piel. Nos arreglábamos y volvíamos a la clase mientras yo, desde el primer banco, seguía la tiza que se deslizaba por la pizarra del mismo modo en que se deslizaba él.

Nos masturbamos por teléfono. Mi sexo estaba más hinchado que nunca y el Leteo, en crecida, surcaba mi Secreto, mis dedos estaban impregnados de mí, pero también de él, al que sentía cerca a pesar de la distancia, y olía su calor, su perfume, e imaginaba su sabor. A las diez y cuarto, dijo:

—Buenas noches, Loly.

—Buenas noches, profesor.

20 de febrero

Hay días en que quiero dejar de respirar definitivamente y permanecer en apnea durante todo el tiempo que me queda. Días en que, bajo las mantas, respiro y trago mis lágrimas y siento su sabor salobre en la lengua. Me despierto en una cama desordenada, con el pelo alborotado y la piel morada. Desnuda, delante de un espejo, me observo. Entreveo una lágrima que cae del ojo a la mejilla, la seco con un dedo y me rasguño un poco el pómulo con una uña. Me paso las manos por el pelo, lo tiro hacia atrás, hago una mueca para caerme simpática y reírme de mí misma: pero no lo consigo; quiero llorar, quiero castigarme. Voy hasta el primer cajón de la cómoda. Primero observo todo lo que hay dentro, luego elijo con cuidado lo que debo ponerme. Dejo las prendas dobladas sobre la cama y pongo el espejo en posición frontal con respecto a mí. Vuelvo a observarme. Los músculos aún están tensos, la piel, en cambio, es suave y lisa, blanca y cándida como la de una niña. Soy una niña. Me siento al borde de la cama, me pongo las medias autoadherentes apuntando el pie y haciendo deslizar el sutil velo sobre la piel hasta que la liga de encaje llega al muslo, presionándolo un poco. Luego es el turno del corsé de seda negra con cordones y cintitas. Me ciñe los pechos y me afina la cintura, que ya es muy delgada, y pone en evidencia mis caderas, ya demasiado rozagantes, demasiado redondas y mantecosas como para evitar que los hombres cometan allí sus bestialidades. Los pechos aún son pequeños: son duros, blancos y redondos, se pueden tener en una mano y calentarla con su calor. El corsé es ajustado, comprime los pechos y los aproxima, creando un lecho entre ellos. Aún no es tiempo de observarme. Me pongo los zapatos con tacones de aguja, meto el pie hasta el delgado tobillo y siento que mi metro sesenta se convierte de pronto en diez centímetros más. Voy al cuarto de baño, cojo el carmín rojo y cubro mis labios jugosos y suaves. Luego oscurezco las pestañas con rímel, me peino el cabello largo y liso y presiono tres veces el vaporizador de perfume que está en la balda del espejo. Vuelvo a mi cuarto. Allí veré a la persona que sabe hacerme vibrar con fuerza el alma y el cuerpo. Me observo encantada, los ojos brillan y casi lagrimean. Una luz especial realza los contornos de mi cuerpo y mi cabello, que desciende suavemente sobre los hombros, me invita a acariciarlo. La mano cae lentamente, casi sin que me dé cuenta, del pelo al cuello. Acaricia la piel delicada y el pulgar y el índice ciñen la circunferencia, presionando un poco. Comienzo a oír el sonido del placer, aún casi imperceptible. La mano baja un poco más, empieza a acariciar el pecho liso. La niña vestida de mujer que tengo delante tiene dos ojos encendidos y anhelantes (¿de qué? ¿de sexo? ¿de amor? ¿de vida verdadera?). La niña sólo es dueña de sí misma. Sus dedos se meten entre el vello de su sexo y el calor le hace subir un escalofrío a la cabeza, mil sensaciones me invaden.

—Eres mía —me susurro, y en seguida la calentura se adueña de mi deseo.

Me muerdo los labios con los dientes perfectos y blancos, el pelo desordenado me hace sudar la espalda, y las gotas diminutas bañan mi cuerpo.

Jadeo, los suspiros aumentan... Cierro los ojos, los espasmos me recorren todo el cuerpo, mi mente está libre y vuela. Las rodillas ceden, la respiración se corta y la lengua recorre, cansada, los labios. Abro los ojos: le sonrío a la niña. Me acerco al espejo y le ofrezco un beso largo e intenso, mi aliento empaña el cristal.

Me siento sola, abandonada. Me siento como un planeta en torno al cual orbitan tres estrellas distintas: Letizia, Fabrizio y el profesor. Tres estrellas que me hacen compañía en los pensamientos, pero no tanto en la realidad.

21 de febrero

He acompañado a mi madre al veterinario para que visitase a mi gatito, que sufre una ligera forma de asma. Maullaba bajo, espantado por las manos enguantadas del médico. Yo le acariciaba la cabeza, animándolo con palabras dulces.

En el coche, me preguntó cómo me va en el colegio y cómo me va con los chicos. En ambos casos contesté vaguedades. Ahora mentir es de rigor, me resultaría extraño no volver a hacerlo...

Luego le pedí que me acompañara a la casa del profesor de matemáticas porque tenía una clase.

—Ah, bien, ¡así por fin lo conoceré! —dijo, entusiasmada.

No le respondí porque no quería que sospechara nada, por otra parte estoy segura de que Valerio esperaba de un momento a otro un encuentro con mi madre.

Por suerte, esta vez su atuendo era más serio pero,

curiosamente, cuando mi madre me pidió que la acompañara al ascensor me dijo:

—No me gusta, tiene cara de vicioso.

Hice un gesto de desinterés y le dije que, de cualquier modo, sólo tenía que darme clases de matemáticas, no teníamos que casarnos. Mi madre tiene esa manía de reconocer a la gente por la cara, ¡es algo que me ataca los nervios!

Una vez cerrada la puerta, Valerio me pidió que cogiera el cuaderno y empezáramos en seguida. Ni hablamos de la llamada, sólo de raíces cúbicas, cuadradas, binomios... sus ojos se camuflan tan bien que dejan en un mar de dudas. ¿Y si hizo esa llamada para ridiculizarme? ¿Y si no le importara nada de mí, si sólo quería tener un orgasmo por teléfono? Esperaba un comentario, una alusión. ¡Nada!

Luego, mientras me tendía el cuaderno, me miró como si lo hubiera entendido todo y dijo:

—El sábado por la noche no te comprometas. Y no te vistas antes de que te haya llamado.

Lo miré asombrada, pero no dije nada y, tratando de simular una indiferencia fuera de lugar ante sus palabras, abrí el cuaderno, observé lo que estaba escrito y leí las x e y, en escritura minúscula:

Yo, en mis abismos, aún dependía de mi paraíso pre-
destinado, un paraíso cuyos cielos ardían con el color de
las llamas del infierno, pero paraíso al fin.

Prof. HUMBERT

No dije nada. Nos saludamos y me recordó de nuevo
la cita. Y quién se la olvida...

22 de febrero

A la una recibí una llamada de Letizia, que me preguntó
si quería almorzar con ella. Respondí que sí, entre otras
cosas porque no podía volver a casa, ya que a las tres y
media empezarían los ensayos generales para el espectáculo. Tenía ganas de verla, había pensado en ella a menudo por las noches, antes de irme a dormir.

Al natural era aún más guapa, más genuina. Miraba
sus manos suaves sirviéndome el vino e inmediatamente después observaba las mías que, por culpa del frío que
pillo cada mañana con la moto, se han puesto rojas y re-
secas como las de un mono.

Me ha hablado de todo; en una hora ha conseguido
contarme completos sus veinte años. Me ha hablado de

su familia, de su madre muerta prematuramente, de su padre ausente en Alemania y de su hermana, a la que apenas ve desde que se ha casado. Me ha hablado de sus profesores, de la escuela, de la universidad, de los hobbies, de su trabajo.

Le miré las cejas y me entraron muchas ganas de besarlas. ¡Qué cosa más extraña las cejas! Las de Letizia se mueven con sus ojos y son tan hermosas que te inducen a besar semejante perfección, para luego seguir por su rostro, sus mejillas, su boca... Ahora lo sé, diario, la deseo. Deseo su calor, su piel, sus manos, su saliva, su voz susurrada. Querría acariciarle la cabeza, visitar su islote con mi aliento, procurarle una fiesta en todo el cuerpo. Sin embargo, me parece obvio que me siento inhibida, para mí es algo nuevo y no puedo pretender que también ella tenga las mismas sensaciones, o quizá las tenga pero nunca lo sabré. Me miraba y se humedecía los labios, su mirada era irónica y me rendí. No a ella, sino a mis caprichos.

—¿Quieres hacer el amor, Melissa? —me preguntó, mientras sorbía el vino.

Apoyé la copa sobre la mesa, la miré, turbada, y agité la cabeza en señal de asentimiento.

—Pero debes enseñarme...

¿Enseñarme a hacer el amor con una mujer o enseñarme a amar? Quizá las dos cosas vayan juntas...

Sábado por la noche, o mejor, domingo por la mañana, porque la noche ya ha pasado y el cielo se ha aclarado. Me siento feliz, diario, todavía tengo en el cuerpo tanta euforia aplacada por la sensación de beatitud, por una tranquilidad llena y dulce que me invade por completo. Esta noche he descubierto que soltarse con quien nos gusta y nos despierta los sentidos es algo sagrado, es allí donde el sexo deja de ser sólo sexo y empieza a ser amor, allí, oliendo el vello perfumado de su espalda, o bien acariciando sus hombros fuertes y suaves, alisando su cabello.

No estaba en absoluto agitada, sabía lo que estaba a punto de hacer. Sabía que decepcionaría a mis padres. Estaba subiendo al coche de un desconocido de veintisiete años, un atractivo profesor de matemáticas, alguien que ha encendido mis sentidos. Lo esperé fuera de casa, bajo el pino imponente, y vi su coche verde avanzando despacio. Tenía una bufanda en torno al cuello y el reflejo de las gafas me cegaba. Al contrario de lo pactado hace algunos días, no esperé a que me llamara para ordenarme qué debería ponerme. Cogí la lencería del primer cajón, me la puse y me vestí con un vestidito negro. Me miré al espejo e hice una mueca pensando que faltaba algo. Metí las manos debajo de la falda, me quité la braguita y entonces sonreí y susurré despacio:

—Así estás perfecta —y me mandé un beso.

Cuando salí de casa sentía el frío entrando por debajo de la falda: el viento rozaba, arisco, mi sexo desnudo. Una vez en el coche, el profesor me miró con ojos iluminados y encantados y me dijo:

—No te has puesto lo que te había dicho.

Entonces dirigí la mirada hacia la calle, delante de mí, y dije:

—Ya lo sé, desobedecer a los profesores se me da muy bien.

Me dio un beso un poco ruidoso en la mejilla y partimos hacia un lugar secreto.

Seguía haciendo correr los dedos entre mis cabellos, él quizá pensaba que era tensión, era sólo congoja. Por tenerlo allí, al alcance, sin conjeturas. No sé de qué hablamos durante el trayecto porque mi mente estaba ocupada con la idea fija de poseerlo. Lo miré a los ojos mientras conducía; me gustan sus ojos: tienen cejas largas y negras, ojos intrigantes, magnéticos. Me di cuenta de que me lanzaba miradas furtivas, pero fingí que no pasaba nada, también esto forma parte del juego. Luego, llegamos al Paraíso, o quizá al Infierno, depende de los puntos de vista. Con su utilitario recorrimos calles y callejuelas desiertas y estrechísimas por las cuales me parecía imposible pasar. Pasamos frente a una iglesia derruida y cubierta de hiedra y de musgo y Valerio me dijo:

—Fíjate si a tu izquierda hay una fuente; el sitio está en el cruce que viene inmediatamente después.

Miré con mucha atención, esperando encontrar lo antes posible la fuente en aquel oscuro laberinto.

—¡Ahí está! —exclamé, en voz demasiado alta.

Apagó el motor delante de un portón verde y oxidado y los faros del coche iluminaban algunas frases escritas en él. Mis ojos se posaron en dos nombres inscritos en un corazón tembloroso: Valerio y Melissa.

Lo miré, asombrada, y le señalé lo que había leído.

Él sonrió y dijo:

—¡No me lo puedo creer...! —luego se volvió hacia mí y susurró: —¿Ves? Estamos escritos en las estrellas.

No entendí qué quería decir, sin embargo aquel «estamos» me tranquilizó y me hizo sentir parte de un conjunto cuyos miembros eran dos y semejantes y no dos y distintos como el espejo y yo.

Tuve miedo de este paraíso porque era oscuro, escarpado e impracticable, sobre todo si se llevaban botas de tacón. Trataba de aferrarme al máximo a él, quería sentir su calor. Tropezamos varias veces entre las piedras, por aquellas calles pequeñísimas y oscuras, ceñidas por muros; lo único visible era el cielo, tachonado de estrellas, y la luna que iba y venía jugando tal como hacíamos nosotros. No sé por qué, este sitio me inspiró sentimientos macabros y sombríos: pensaba estúpidamente, o quizá legítimamente, que en alguna parte, cerca, se celebraba una misa negra en la que yo era la víctima elegida. Hombres encapuchados me atarían a una mesa, me rodearían con velas y candelabros, luego me violarían por turno y, al final, me asesinarían con un puñal de hoja sinuosa y afilada. Pero confiaba en él; quizá sólo eran pensamientos surgidos de la inconsciencia de aquel momento mágico. Aquellas callejuelas que me habían provocado un cierto temor nos condujeron a un acantilado que caía a plomo en el mar, se podían oír las olas que rozaban la orilla con su espuma. Las rocas blancas, lisas y grandes: pronto me imaginé para qué servirían. Antes de acercarnos a ellas tropezamos por enésima vez: me sostuvo atrayéndome hacia él y acercándome su rostro, nos rozamos los labios sin besarnos, oliendo nuestros olores y escuchando nuestra respiración. Y entonces empezamos a comérnoslos, chupándolos y mordiéndolos. Nuestras lenguas se encontraron: la suya era cálida y blanda, me acariciaba por dentro como una pluma, pero me sofocaba. Los besos se pusieron al rojo vivo, hasta que me preguntó si podía tocarme, si era el momento. Sí, respondí, es el momento. Se cortó cuando descubrió que no llevaba bragas y se quedó quieto, inmóvil por unos segundos ante mi carnosa desnudez. Pero después percibí las yemas de sus dedos que frotaban el volcán en explosión. Me dijo que quería degustarme.

Me senté en una de esas enormes piedras y su lengua acarició mi sexo como la mano de una madre acaricia la mejilla de un recién nacido: despacio, con dulzura; el placer era inexorable y continuo, denso y frágil al mismo tiempo. Me derretía.

Se levantó y me besó y paladeé mis propios humores en su boca: eran dulces. Ya le había rozado el miembro varias veces y lo había sentido tieso y apretado bajo los vaqueros. Se desabotonó y me ofreció su pene. No, nunca había estado con un hombre circunciso, no sabía que el glande ya estuviera fuera. Se presenta como una punta lisa y suave, a la cual me era imposible no responder de rodillas.

Me levanté y, acercándome a su oído, le susurré:

—Fóllame.

Mi lengua serpentina lo había vuelto loco y, mientras me incorporaba, me preguntó dónde había aprendido a mamar de ese modo...

Me dijo que le diera la espalda, con las nalgas bien a la vista. Primero se detuvo a observarlas y este gesto suyo me pareció extravagante, pero su mirada clavada en mis redondeces me excitó muchísimo. Esperé el primer golpe con las manos apoyadas en la piedra fría y lisa. Se acercó y apuntó a la diana. Le pedí que me describiera, que le diera un calificativo a la manera en que me estaba ofreciendo a él: una putita que no tiene fin. Lancé un gemido de asentimiento que él acompañó con un golpe bien asestado, seco. Luego me solté de aquel puzzle agradable y mirándolo, deseosa de volver a sentirlo dentro, le dije que si esperábamos unos minutos antes de apoderarnos el uno del otro, se intensificaría nuestro placer.

—Vamos al coche —le dije—, estaremos más cómodos.

Cruzamos de nuevo el laberinto oscuro, pero esta vez ya no tenía miedo, mi cuerpo estaba atravesado por mil duendecillos que se divertían persiguiéndome y haciéndome sentir, por momentos, angustiada y, por momentos, eufórica, en una euforia inasible. Antes de subir al coche volví a observar los nombres escritos en el portón y sonreí dejando que él entrara primero. Me desvestí en seguida, completamente, quería que cada célula de nuestro cuerpo y de nuestra piel entrara en contacto con la del otro e intercambiasen sensaciones nuevas, exaltantes. Me puse encima y comencé a cabalgarlo con vehemencia dándole golpes suaves y rítmicos alternados con golpes secos, duros y severos. A fuerza de lamidos y besos lo hice gemir. Sus gemidos son agujas de muerte: pierdo el control. Es fácil perder el control con él.

—Somos dos amos —me dijo, y preguntó:—, ¿cómo haremos para someternos al mismo tiempo? ¿Quién someterá a quién?

—Dos amos se follan y gozan recíprocamente —respondí.

Lo embestían embates incisivos y mágicamente aferré aquel placer que ningún hombre ha sabido nunca darme, ese placer que sólo yo estoy en condiciones de procurarme. Fueron espasmos por doquier, en el sexo, en las piernas, en los brazos, hasta en la cara. Mi cuerpo era una fiesta. Se quitó la camiseta y sentí su torso desnudo y velludo, calentísimo, en contacto con mi pecho blanco y liso. Froté los pezones contra aquel descubrimiento maravilloso, lo acaricié con ambas manos para hacerlo mío del todo.

Descendí por su cuerpo y él me pidió:

—Tócala con un dedo.

Lo hice y, estupefacta, vi lagrimear su miembro; instintivamente acerqué la boca y tragué el esperma más dulce y azucarado que nunca haya probado.

Me abrazó durante algunos instantes que me parecieron interminables y tuve la impresión de poseerlo entero, completo. Luego, mientras estaba aún desnuda, me apoyó tiernamente la cabeza sobre el asiento. Me quedé acurrucada e iluminada por la luna.

Tenía los ojos cerrados, pero de todos modos sentía su mirada clavada mí. Pensé que era injusto ponerme los ojos encima durante tanto tiempo, que los hombres no se conforman nunca con tu cuerpo, que además de acariciarlo, besarlo, quieren imprimírselo en la cabeza y que ya no se borre jamás. Me preguntaba qué podía sentir mirando mi cuerpo adormecido y quieto. Para mí no es necesario mirar, lo importante es comprender y esta noche lo he comprendido. Traté de reprimir una carcajada cuando lo oí farfullar lamentándose de no encontrar el encendedor y con los ojos aún cerrados y la voz ronca le dije que lo había visto volar del bolsillo de la camiseta mientras la tiraba en el asiento delantero. Se limitó a mirarme durante un mísero instante y abrió la ventanilla dejando entrar aquel frío al que antes no había prestado atención.

Luego, después de muchos minutos de silencio, dijo, echando el humo del cigarrillo:

—Nunca lo había hecho así, nunca algo semejante.

Sabía a qué se refería, sentía que aquel era el momento de los discursos serios que romperían o, por el contrario, reforzarían esta peligrosa, precaria y excitante relación.

Le apoyé la mano en el hombro y sobre la mano apoyé los labios. Esperé antes de hablar, aunque sabía exactamente las palabras que pronunciaría desde el primer instante.

—El que no lo hayas hecho nunca antes no significa que esté mal.

—Pero tampoco que esté bien —dijo, aspirando de nuevo.

—¿Y a nosotros qué nos importa el bien y el mal? Lo importante es que lo hemos pasado bien, que lo hemos vivido a fondo —me mordí los labios, consciente de que un hombre adulto nunca escucharía a una chiquilla presuntuosa.

En cambio, se volvió, tiró el cigarrillo y dijo:

—He aquí por qué me haces perder la cabeza: eres madura, inteligente y la pasión que llevas dentro no tiene límites.

Es él, diario. La ha reconocido. Mi pasión, quiero decir. Cuando me llevaba de vuelta a casa me ha dicho que era mejor que dejáramos de vernos como profesor y alumna, que ya no podría considerarme bajo ese aspecto y, además, él nunca mezclaba el trabajo con el placer. Le respondí que me parecía bien, lo besé en la mejilla y abrí el portón. Se quedó esperando hasta que entré.

24 de febrero

Esta mañana no he ido al colegio, estaba demasiado cansada. Y, además, esta tarde es el estreno del espectáculo. Tenía justificación.

Hacia la hora de comer recibí un mensaje de Letizia en que me decía que a las nueve en punto estará allí mirándome. Claro, Letizia... ayer me había olvidado de ella. Pero ¿cómo se hace para ensamblar la perfección con la perfección? Ayer tenía a Valerio y me bastaba. Hoy estoy sola y no me basto (¿por qué, sola, ya no me basto?). Quiero a Letizia.

P.S.: ¡Ese cretino de Fabrizio! ¡Se le había metido en la cabeza venir al teatro con su mujer! Menos mal que no es demasiado obcecado, al final lo convencí de que se quedara en casa.

Esta tarde no estaba especialmente nerviosa, es más, me había sumido en una ligera apatía, no veía la hora de terminar. Todos los demás saltaban, algunos de miedo, otros de satisfacción; yo estaba detrás del telón espiando a la gente que llegaba; observaba, atentísima, si ya había entrado Letizia. No la vi y Aldo, el escenógrafo, me llamó diciéndome que debíamos comenzar. Entonces se apagaron las luces de la platea y se encendieron las del escenario. Me lancé a escena como una flecha arrojada por el arco, llegué al escenario brincando exactamente como el director siempre me rogaba que hiciera durante los ensayos, pero que nunca había conseguido. Eliza Doolittle ha asombrado a todos, incluso a mí misma: salió con una naturalidad de gestos y de expresión absolutamente nueva, estaba entusiasmada. Desde el escenario trataba de entrever a Letizia, pero en vano. Así, esperé a que terminara el espectáculo, los saludos, los aplausos y desde atrás del telón ya cerrado seguí escrutando a los asistentes para encontrar su rostro. Estaban mis padres, por las nubes, aplaudiendo frenéticamente, estaba Alessandra, a la que no veía desde hacía meses y, por suerte, ni la sombra de Fabrizio.

Luego la vi; tenía el rostro alegre e iluminado y

aplaudía como una enajenada. Me gusta también por eso, porque es espontánea, jovial, te transmite un alborozo extremo, mirarla a la cara significa exacerbar el propio regocijo.

Aldo me tiró de un brazo y exclamó a voces:

—¡Bravo, bravo, tesoro! Venga, date prisa, ve a cambiarte, vamos a festejar con los demás.

Su expresión era tan singularmente desatinada que me provocó una risa sonora.

Le dije que no podía, tenía una cita. En ese momento llegó Letizia con su rostro sonriente. Cuando notó la presencia de Aldo, su expresión cambió, la sonrisa desapareció y los ojos se le ensombrecieron. Miré a Aldo y vi la misma expresión grave cayendo sobre su rostro descolorido. Me giré dos o tres veces como una tonta para observar primero a uno y luego a la otra, y pregunté:

—¿Qué ocurre? ¿Qué os pasa?

Se quedaron en silencio, mirándose con ojos severos, casi amenazantes.

Aldo fue el primero en hablar:

—Nada, nada, marchaos. Les diré a los demás que no has podido acompañarnos. Adiós, guapa —se despidió, y me besó en la frente.

Confusa, lo miré mientras se escapaba. Me volví hacia Letizia y le pregunté:

—¿Se puede saber qué pasa? ¿Os conocéis?

Ahora estaba más serena, aunque un poco titubeante y trataba de rehuir mis ojos. Bajó la vista y se cubrió el rostro con las manos de largos dedos.

Luego me miró a los ojos y dijo:

—Supongo que sabes que Aldo es homosexual.

En el colegio lo sabemos todos porque él ya ha salido del armario y habla sin ambages. Le respondí que sí.

—¿Y qué? —la espoleé para que continuara.

—Que hace algún tiempo salía con un chico y después... bueno después nos conocimos, el chico y yo quiero decir... Aldo ya sospechaba algo —sus palabras eran lentas y fragmentadas.

—¿Sospechaba qué? —pregunté, curiosa e histérica a la vez.

Me miró con sus ojazos tersos:

—No, no puedo decírtelo, perdóname... no puedo.

Desvió la mirada y dijo:

—Que no soy sólo lesbiana...

¿Y yo qué soy? Ni siquiera una mujer, en el padrón soy demasiado joven para ser mujer, por tanto, apenas una hembra que busca refugio y amor entre los brazos de una mujer. Pero estoy mintiendo, diario, nunca permitiría que mi otra mitad se me pareciera tanto, debo ser el único miembro femenino del mismo conjunto. Lo que veo y deseo en Letizia es sólo el cuerpo, la esencia carnal, pero, tampoco es así del todo: también la espiritual. Me gusta entera, me intriga y me fascina; desde hace algún tiempo se ha convertido en la protagonista de muchas de mis fantasías. El amor, lo que busco desde siempre, a veces me parece tan lejano, tan ajeno a mí.

1 de marzo
23,20

Cuando hoy salí de casa mi padre estaba sentado en el sofá mirando la pantalla con expresión ausente. Con aire apático, me preguntó adónde iba y me pareció que sobraba la respuesta porque cualquier cosa que le dijera no le habría cambiado la expresión del rostro, no se habría movido de allí.

Si le hubiera dicho: «Voy al apartamento que me acaba de comprar un hombre casado con el que follo», le habría provocado el mismo efecto que decir: «A estudiar a casa de Alessandra».

Cerré la puerta con cuidado, no quería perturbar sus abstractos pensamientos, tan alejados de mí.

Fabrizio ya me ha dado las llaves del apartamento y

me ha dicho que lo esperara allí, que llegaría después del trabajo.

Aún no lo había visto, imagínate cuánto me importa. Aparqué la moto delante del edificio y entré en el vestíbulo desierto y en penumbras.

La voz de la portera preguntándome a quién buscaba me sobresaltó y me subió un calor repentino.

—Soy la nueva inquilina —dije en voz alta y escandiendo las palabras tontamente, pensando que la portera era sorda. En efecto, ella me aclaró de inmediato:

—No soy sorda. ¿A qué piso va?

Pensé un poco y luego dije:

—Al segundo, el que acaba de comprar el señor Laudani.

Sonrió y dijo:

—¡Ah, sí! Su padre me ha dicho que le diga que es mejor que cierre la puerta con llave cuando esté dentro.

¿Mi padre? Lo dejé correr, era inútil explicar que no lo era y también bastante embarazoso.

Abrí la puerta y en el mismo momento en que la llave chasqueó, pensé qué estúpido e insensato era lo que me disponía a hacer. Estúpida porque hacía lo que no quería ni siquiera que empezara. Contento, con esa voz suya de imbécil, Fabrizio me había dicho que ésta sería una tarde especial, que inauguraríamos «nuestro refugio de amor» con algo memorable. La última vez que había hecho algo que alguien me había anunciado como memorable chupé las pollas de cinco personas en una habitación oscura que olía a porro. Espero que al menos hoy el tema sea otro. La entrada era bastante pequeña y un poco mortecina, sólo una alfombra roja daba una nota de color. Desde allí pude ver todos los demás cuartos, aunque sólo en parte: el dormitorio, un saloncito, una cocinita y el trastero. Evité ir al dormitorio para no ver de cerca el adefesio que había hecho montar delante de la cama y me dirigí a la sala. Al pasar frente al trastero, tres cajas de colores apoyadas sobre el suelo me llamaron la atención, así que encendí la luz y entré. Delante de las cajas había una esquela en la que estaba escrito en grandes caracteres: ABRE LAS CAJAS Y PONTE ALGUNA DE LAS COSAS QUE HAY EN ELLAS. El asunto me cautivó de inmediato, encendió mi curiosidad.

Hurgué entre las cajas y, en resumen, debo reconocer que no le falta imaginación. En la primera había lencería blanca y cándida de encaje, una combinación transparente, unas braguitas sensuales y, sin embargo, castas y un sujetador que dejaba los senos fuera hasta el pezón. Otra esquela, dentro, decía: PARA UNA NENOTA QUE NECESITA MIMOS. Primera caja descartada.

La segunda contenía un tanga rosa con plumas en la

parte de atrás como si fuera la cola de un conejo, un par de medias de red, zapatos rojos de tacones vertiginosos y otra notita: PARA UNA CONEJITA QUE QUIERE SER CAPTURADA POR EL CAZADOR. Antes de descartarla quería ver qué reservaba la tercera caja.

Me gustaba este juego, este descubrir sus deseos.

Elegí la tercera caja: un mono de látex brillante y negro acompañado por botas atísimas y de tacón de aguja, un látigo, un falo negro y un tubito de vaselina. En la caja, además de algunos cosméticos, había una esquela que decía: PARA UN AMA QUE QUIERE CASTIGAR A SU ESCLAVO. No podía haber mejor castigo, me lo había puesto en las manos sin que lo pidiera. Más abajo había un post scriptum: SI DECIDES PONERTE LO QUE HAY EN ÉSTA DEBERÁS LLAMARME SÓLO DESPUÉS DE ESTAR LISTA. No entendí el porqué de esta solicitud. No obstante, me parecía bien, el juego se hacía más interesante: lo haría venir y marcharse cuando yo quisiera... ¡bien!

Podía mandarlo a tomar por culo sin remordimientos ni sentimientos de culpa. Pero me fastidiaba hacer este intrigante juego con él, no lo consideraba a la altura e imaginaba lo fantástico que sería tener todas estas oportunidades con el profesor. Pero debía hacerlo, se había tomado demasiadas molestias para garantizarse algunos polvos conmigo: la casa primero, ahora estos regalos. Noté que la pantalla del celular relampagueaba, me estaba llamando. Rechacé la llamada y le mandé un mensaje en el que decía que había elegido la tercera caja y que lo llamaría yo, después.

Fui al saloncito, abrí la ventana que daba al balcón y dejé que un poco de aire fresco se llevara el olor a encierro, luego me recosté en la alfombra de colores cálidos y envolventes. El aire fresco, el silencio y la luz rojiza del sol moribundo me acompañaron en un sueño. Cerré lentamente los párpados y respiré a todo pulmón hasta percibir mi propia respiración como una ola que va y viene, se rompe en el escollo y luego se retira nuevamente en la vastedad del mar. Un sueño me acunó y me echó en brazos de la pasión. No conseguía vislumbrar al hombre, si bien en el sueño sabía perfectamente quién era, pero su identidad en la vida real se me escapa, sus rasgos eran indefinidos, estábamos encajados el uno en el otro como una llave en su cerradura, como la azada del campesino clavada en la tierra rica y exuberante. Su miembro erecto, después de haberse adormecido durante algún tiempo, volvía a darme los mismos sobresaltos que antes y mi voz rota le hacía entender cuánto placer me daba aquel juego. Era mi deseo el que lo hacía entumecerse, como si yo misma fuera un cava fresco y burbujeante que le concedía la ebriedad justa para que los sentidos tocaran el punto más alto del cielo.

Después se sentía cada vez más extenuado por mi cuerpo y por mis movimientos, tan rápidos y al mismo tiempo tan lentos que le hacían perder la noción del tiempo. Aparté suavemente mis glúteos de su sexo para que la flecha no saliera de repente de la herida abierta y rojiza y comencé a observarlo con mi sonrisa de lolita. Recogí los cordones de seda que poco antes habían aferrado mis muñecas, esta vez para ceñir las suyas. Sus párpados cerrados hacían intuir un vigoroso y violento deseo de poseerme, pero entendí que debía esperar... otra vez esperar.

Luego cogí mis medias negras, las de las ligas de encaje, y le até los tobillos a las patas de las dos sillas que había acercado al borde de la cama. Ahora estaba abierto a gusto, al suyo y al mío. En medio de ese cuerpo desnudo se erigía el asta del amor, segura, derecha e inexorable, que no tardaría en querer adueñarse una vez más de mi rosa secreta. Lo trepé, me puse encima, froté mi piel con la suya percibiendo mis estremecimientos y los suyos, ambos igualmente sacudidos por ligeras oleadas de placer. Mis pezones como púas acariciaban levemente su pecho peludo que arañaba mi piel suave. Su cálido aliento chocaba con el mío.

Pasaba la yema de los dedos por sus labios, en un movimiento circular, lento pero insistente y después los introducía en su boca, poco a poco, suavemente... sus gruñidos sumisos me hacían entender cuánto lo excitaban mis dedos en su viaje de descubrimiento. Me llevé un dedo a mi rosa mojada y lo humedecí con su rocío, luego lo devolví a la cima de su pene, morado y tieso que, al toque, vibró ligeramente en el aire como el asta de una bandera en la batalla. A horcajadas sobre él, de culo al espejo donde se reflejarían sus ojos, me incliné y le susurré al oído: «Te tengo ganas.»

Qué placentero verlo a merced de mis deseos, allí tendido, desnudo, con las sábanas blancas que delineaban su cuerpo tenso y excitado... cogí la bufanda perfumada con la que había entrado en la casa y le vendé los ojos para que no pudiera ver el cuerpo que lo mantenía a la espera.

Lo abandoné así varios minutos. Demasiados minutos. Me enloquecían las ganas de cabalgar esa asta perennemente erecta, incansable por la espera y, sin embargo, quería que esperara, que esperara siempre. Al fin me levanté de la silla de la cocina para entrar nuevamente en el dormitorio donde él estaba atado. Se las arregló para oír mis pasos, a pesar de que eran afelpados y silenciosos, y emitió un suspiro de gratitud y se movió un poco antes de que mi cuerpo lo tragara lentamente.

Cuando me desperté el cielo era de un azul intenso y la luna ya visible estaba pegada como una uña recién cortada al techo del mundo. Todavía estaba excitada por el sueño. Cogí el móvil y lo llamé.

—Pensaba que ya no tendría noticias —dijo, preocupado.

—Lo he hecho según mis conveniencias —respondí, con malicia.

Me dijo que llegaría en un cuarto de hora y que debía esperarlo en la cama.

Me desvestí y dejé mi ropa por el suelo, en el trastero, cogí el contenido de la caja y me puse el mono ajustado, que se me pegó encima y me tiraba de la piel, pellizcándola. Las botas me llegaban exactamente a la mitad del muslo. No entendí bien por qué también había incluido un carmín rojo llameante, un par de cejas postizas y un colorete muy encendido. Fui al dormitorio para mirarme en el espejo y cuando vi mi imagen tuve un sobresalto: he aquí mi enésima transformación, mi enésimo postrarme ante los deseos prohibidos y escondidos de alguien que no soy yo y que no me ama. Pero esta vez sería distinto, tendría una digna recompensa: su humillación. Aunque, en realidad, los humillados éramos los dos. Llegó un poco más tarde de lo que había dicho, se disculpó diciendo que había tenido que inventar una trola para su mujer. Pobre mujer, pensé, pero esta noche parte del castigo, se lo daré en su nombre.

Me encontró tendida en la cama. Observaba un moscardón que chocaba contra la lamparilla colgada del techo, produciendo un ruido fastidioso, y pensé que la gente choca convulsamente contra el mundo del mismo modo que ese estúpido bicho: hace ruido, crea desorden, zumba en torno a las cosas sin aferrarlas nunca por completo. A veces confunde una trampa con un deseo y se queda frita, secándose bajo el reflector azul dentro de la jaula.

Fabrizio apoyó su maletín en el suelo y permaneció quieto bajo el vano de la puerta, observándome en silencio. Sus ojos eran elocuentes y el paquete debajo de sus pantalones me lo confirmaba: la tortura debía ser lenta, pero con maldad.

Luego habló:

—Tú ya me has violado la cabeza, has entrado en mí. Ahora deberás violarme el cuerpo, deberás hacer entrar algo de ti en mi carne.

—¿No te parece que a esta altura ya no se distingue quién es el esclavo y quién el amo? Yo decido qué hacer, tú sólo debes sufrir. ¡Ven! —exclamé, como la mejor de las amas.

Se dirigió hacia la cama con pasos largos y apresurados y viendo el látigo y el falo encima de la mesilla sentí que la sangre me bullía y el frenesí me excitaba. Quería saber qué clase de orgasmo sentiría y, sobre todo, quería ver su sangre.

Desnudo parecía un gusano, tenía poco vello; la piel, brillante y blanda; su vientre, hinchado y ancho; su sexo, tieso de repente. Pensé que darle la misma dulce violencia que en el sueño habría sido demasiado, se merecía otra cosa: un castigo atroz, enérgico y despiadado. Lo hice tenderse en el suelo panza abajo, mi mirada era altiva y fría, distante, se le había helado la sangre en las venas de sólo haberla visto. Se volvió con el rostro pálido y sudado y le clavé el tacón de mi bota con fuerza en la espalda. Su carne fue flagelada por mi venganza. Gritaba, pero gritaba quedo, quizá lloraba, mi mente estaba en tal confusión que me era imposible distinguir los sonidos y los colores en torno a mí.

—¿De quién eres? —le pregunté, gélida.

Un estertor prolongado y luego la voz rota:

—Tuyo. Soy tu esclavo.

Mientras decía así mi tacón bajó por su espina dorsal y acabó entre sus nalgas. Presionaba.

—No, Melissa... No... —dijo, jadeando con fuerza.

No fui capaz de continuar, así que cogí los accesorios estirando la mano hacia la cómoda y los apoyé sobre la cama. Lo giré de una patada, obligándolo a ponerse boca arriba y reservé a su pecho el mismo tratamiento que a la espalda.

—¡Vuélvete! —le ordené nuevamente.

Lo hizo y me monté a horcajadas sobre uno de sus muslos y, sin darme cuenta, comencé a frotar ligeramente el coño apretado por el mono ceñido.

—Tienes el coñito mojado, déjame lamerlo... —dijo con un suspiro.

—¡No! —le contesté, firme.

Su voz se partió y conseguía oírlo mientras me decía que continuara, que le hiciera daño.

Mi excitación crecía, llenaba mi ánimo y luego salía nuevamente de mi sexo provocando una misteriosa exaltación. Lo estaba sometiendo y era feliz. Feliz por mí y feliz por él. Por él porque era lo que quería, uno de sus más grandes deseos. Por mí porque fue como fortificarme, mi cuerpo, mi alma, mi yo, en contra de otra persona, succionándola completamente. Estaba participando en la fiesta de mí misma. Cogí el látigo, pasé primero el mango y luego las correas por su trasero, pero sin pegarle. Luego di un ligero golpe y sentí que su cuerpo se estremecía y se tensaba. Por encima de nosotros, siempre el moscardón que chocaba contra la bombilla y, delante de mí, la cortina que la ventana entreabierta estiraba hasta casi arrancarla. Un último golpe violento en la espalda torturada y enrojecida. Luego cogí el falo. Nunca había tenido uno en la mano y no me gustaba. Esparcí el gel pringoso sobre la superficie impregnándome los dedos de la falsedad, de la no naturalidad. Era muy distinto que ver a Giannmaria y Germano entrar despacio en sus respectivos cuerpos, hacerlo con dulzura, con ternura, estar dentro de una realidad distinta pero verdadera, reconfortante. En cambio, esta realidad me dio asco: todo falso, todo míseramente hipócrita. Hipócrita él con su vida, con su familia, gusano postrándose a los pies de una niña. Entró con dificultad y bajo mis manos lo sentí vibrar como si hubiera partido algo: sus vísceras. Lo penetraba repitiéndome en la cabeza algunas frases, como las fórmulas que se pronuncian durante un encantamiento.

Esto es por tu ignorancia, primera embestida; esto por tu débil presunción, segunda embestida; por tu hija que nunca sabrá que tiene un padre como tú, por tu mujer que está cerca de ti por las noches, por no comprenderme, por no entenderme, por no haber captado que mi esencia fundamental es la belleza. Muchas embestidas, todas duras, secas y lacerantes. Él gemía debajo de mí, gritaba, por momentos lloraba, y su orificio se ensanchaba y lo veía rojo de tensión y de sangre.

—¿Ya no tienes aliento, bruto asqueroso? —dije, con una mueca cruel.

Lanzó un alarido, quizá era un orgasmo, y luego dijo:

—Basta, te lo ruego.

Entonces me detuve mientras los ojos se me llenaban de lágrimas. Lo dejé en la cama, trastornado, destruido, completamente roto. Me vestí y en el vestíbulo vi a la portera. No la saludé ni la miré, me marché y basta.

Cuando llegué a casa no me miré al espejo y antes de irme a dormir me di cien pasadas de cepillo, cien golpes en la cabellera: ver mi rostro destruido y mi pelo desordenado me habría hecho daño, demasiado.

4 de marzo

La noche estuvo llena de pesadillas; una en particular me hizo estremecer.

Corría por un bosque oscuro y seco, perseguida por personajes oscuros y maléficos. Delante de mis ojos se erguía una torre iluminada por el sol, como Dante cuando intenta llegar a la colina pero no lo consigue porque tres fieras se lo impiden. Sólo que, en realidad, no me lo impedían tres fieras sino un ángel presuntuoso y sus diablos, y detrás de ellos un ogro con el vientre saciado de cuerpos de niñas; más lejos, un monstruo andrógino seguido por jóvenes sodomitas. Todos tenían la baba en la boca y alguno se arrastraba a tientas, fatigando su cuerpo por la tierra yerma. Yo corría, volviéndome continuamente por miedo a que uno de ellos me alcanzara. Todos gritaban frases inconexas, impronunciables. En un momento dado, no hice caso del obstáculo que tenía delante y aullé y abriendo desmesuradamente los ojos observé el rostro bonachón de un hombre que, cogiéndome de la mano, me condujo a través de oscuros pasajes secretos a los pies de la alta torre. Extendió el dedo y dijo:

—Sube las escaleras y nunca te vuelvas, en la cima te detendrás y encontrarás lo que has buscado en vano en el bosque.

—¿Cómo puedo agradecértelo? —pregunté, deshecha en lágrimas.

—¡Corre, antes de que me una a ellos! —gritó, sacudiendo con fuerza la cabeza.

—Pero ¡eres tú, tú eres mi salvador! ¡No necesito subir a la torre, ya te he encontrado! —grité, esta vez llena de alegría.

—¡Corre! —repitió.

Y sus ojos cambiaron, volviéndose famélicos y rojos. Con la baba en la boca se marchó a toda prisa. Y yo me quedé allí, a los pies de la torre con el corazón destrozado.

Los míos se han marchado durante una semana y volverán mañana. Durante días he tenido la casa libre y he sido dueña de entrar y salir cuando quería. Al principio pensaba en invitar a alguien a pasar la noche conmigo, quizá a Daniele, con el que he hablado hace un par de días, o a Roberto, o quizá atreverme a llamar a Germano o a Letizia, en resumen, a alguien que me hiciera compañía. En cambio, he disfrutado de mi soledad, he estado sola conmigo misma pensando en todas las cosas hermosas y en todas las cosas feas que me han pasado últimamente.

Sé, diario, que me he hecho daño, que no me he tenido respeto, no he respetado a la persona a la que digo amar tanto. No estoy demasiado segura de amarme como antes, alguien que se ama no se deja violar el cuerpo por cualquier hombre, sin un objetivo muy preciso, ni siquiera por el gusto de hacerlo. Te digo esto para revelarte un secreto, un secreto triste que, neciamente, habría querido esconderte, ilusionándome con poder olvidar. Una noche, mientras estaba sola, pensé que debía distraerme y tomar un poco el aire, así que fui al pub donde voy siempre y entre una y otra jarra de cerveza conocí a un tipo que me abordó con modales desagradables y descorteses. Estaba borracha, la cabeza me daba vueltas y le di cuerda. Me llevó a su casa y cuando cerró la puerta a sus espaldas tuve miedo, un miedo tremendo, que me hizo pasar rápidamente la ebriedad. Le pedí que me dejara marchar, pero él no me dejó y con los ojos enloquecidos y pequeños me obligó a desnudarme. Asustada, lo hice e hice todo lo que después me ordenó que hiciera. Me penetré con el vibrador que me puso en la mano, sintiendo que las paredes de mi vagina quemaban terriblemente y sintiendo cómo me arrancaba la piel. Lloré mientras me ofrecía su miembro pequeño y blando y, sosteniéndome la cabeza con una mano, no pude evitar complacerlo. Él no consiguió gozar, y yo sentía mis mandíbulas doloridas; me dolían hasta los dientes.

Se echó en la cama y, de golpe, se quedó dormido. Instintivamente miré la mesilla, donde me esperaba encontrar la pasta que le habría correspondido a una buena puta. Fui al baño, me lavé la cara sin dignarme ni siquiera durante un mísero instante a mirar mi imagen reflejada: habría visto al monstruo en que todos quieren convertirme. Y no puedo permitírmelo, no puedo permitírselo. Estoy sucia; sólo el Amor, si existe, podrá limpiarme.

28 de marzo

Ayer le conté a Valerio lo que me había sucedido la otra noche. Esperaba que dijera «En seguida voy», para cogerme entre sus brazos y acunarme, susurrarme que no me preocupara por nada, que él estaría conmigo. Nada de eso: me dijo con tono de reproche, áspero, que soy una estúpida, una mema, y es verdad que lo soy, ¡ay que es verdad! Pero ya me basto yo para echarme culpas, no quiero los sermones de los demás, sólo quiero que alguien me abrace y me haga sentir bien. Esta mañana vino a la salida del colegio, nunca me habría imaginado semejante sorpresa. Llegó en moto, con el cabello al viento y un par de gafas de sol que le cubrían los espléndidos ojos. Yo conversaba delante de un banco en el que estaban sentados algunos de mis compañeros de estudios. Tenía el pelo desordenado, la pesada cartera al hombro y la piel enrojecida. Cuando lo vi llegar con su sonrisa burlona y seductora me quedé cortada, boquiabierta. No perdí tiempo en disculparme con mis compañeros y corrí por la calle a saludarlo. Me lancé sobre él de una manera infantil, espontánea y bastante elocuente. Me dijo que tenía ganas de verme, que le faltaban mi sonrisa y mi perfume, que creía que había caído en una especie de crisis de abstinencia de Lolita.

—¿Qué miran los homogeneizados? —me preguntó, señalando con la cabeza a los chicos de la plazoleta.

—¿Quiénes?

Me explicó que llama así a los chiquillos, todos iguales, todos semejantes, cada uno de ellos tan sólo una parte del mismo grande y enorme rebaño; es su modo de distinguirlos del mundo adulto.

—Bueno, tienes una extraña manera de definirnos... puede que miren tu moto, o tu fascinación o que me envidien porque estoy hablando contigo. Mañana me dirán: pero ¿quién era ese chico con el que hablabas?

—¿Y tú lo dirás? —preguntó, seguro de la respuesta.

Y porque su seguridad me irritaba, dije:

—Quizá sí, quizá no. Depende de quién me lo pregunte y de cómo me lo pregunte.

Miraba su lengua humedeciendo sus labios, miraba sus cejas largas y negras de niño y su nariz, que parece la perfecta copia de la mía. Y también miraba su pene que creció en cuanto me acerqué a su oído y le susurré:

—Quiero que me poseas, ahora, delante de todos.

Me miró, sonrió algo nerviosamente con los labios tensos, como quien contiene una convulsa excitación, y dijo:

—Loly, Loly... ¿quieres que enloquezca...?

Respondí que sí con un movimiento lento de la cabeza y esbozando una sonrisa.

—Déjame sentir tu perfume, Lo.

Entonces le ofrecí el cuello cándido y él lo olió llenándose los pulmones con mi fragancia de vainilla y almizcle, luego dijo:

—Lo, tengo que marcharme.

No podía irse, esta vez pondría toda la carne en el asador.

—¿Quieres saber qué bragas llevo hoy?

Estaba a punto de encender el motor, pero me miró asombrado y con la mente ofuscada respondió que sí.

Me desabroché un poco los pantalones y se dio cuenta de que no llevaba bragas. Me miró buscando una respuesta.

—Muchas veces salgo sin bragas, me gusta —respondí—, ¿recuerdas que no las llevaba tampoco la noche en que lo hicimos por primera vez?

—Me harás enloquecer.

Me acerqué a su rostro manteniendo una distancia brevísima y por eso muy peligrosa y:

—Sí —le dije, mirándolo directamente a los ojos—, es lo que pretendo hacer.

Nos miramos sin decir nada durante largos minutos, a veces sacudía la cabeza y sonreía. Me acerqué a su oído y le dije:

—Viólame esta noche.

—No, Lo, es peligroso —respondió.

—Viólame —repetí, maliciosa e imponente.

—¿Dónde, Mel?

—En el sitio de la primera vez.

29 de marzo
1,30

Bajé del coche y cerré la puerta, dejándolo dentro. Me encaminé por aquellas calles oscuras y estrechísimas y él esperó un rato antes de comenzar la persecución. Me encontré recorriendo sola aquel empedrado desparejo, oía el rumor del mar a lo lejos, y luego nada más. Miraba las estrellas y me parecía que debía captar también su sueño, imperceptible, seres que brillan de manera intermitente. Luego el motor y los faros del coche. Mantuve la calma, quería que todo ocurriera como lo había programado: él verdugo, yo víctima. Víctima en el cuerpo, humillada y sometida. Pero en la mente, la mía y la suya, mando yo, sólo yo. Yo quiero todo esto, yo soy el ama. Él es un falso amo, un amo que es mi esclavo, esclavo de mi voluntad y de mis caprichos.

Acercó el coche, apagó los faros y el motor y bajó. Durante un momento pensé que estaba otra vez sola, dado que no oía nada... He aquí, lo sentía: llegaba a pasos lentos y tranquilos, pero su respiración era agitada y afanosa. Lo sentí detrás de mí, me sopló en el cuello. De pronto, sentí miedo. Comenzó a perseguirme con más fogosidad, corrió hacia mí y, aferrándome por un brazo, me tiró contra el muro.

—Las señoritas con buenos culos no van solas por las calles —dijo, cambiando la voz.

Con una mano me sujetaba por el brazo, haciéndome daño, y con la otra me empujaba la cabeza contra el muro presionando con fuerza mi rostro en la superficie áspera y fangosa.

—Estate quieta —me ordenó.

Yo esperaba el siguiente movimiento, estaba excitada pero también espantada y me preguntaba qué sentiría si quien me violara fuese de verdad un desconocido y no mi dulce profe. Luego borré este pensamiento, acordándome de algunas tardes atrás, y de todas las violencias del alma a las que estuve sometida tantas veces... y quería más violencia, violencia a tope. Me he habituado, quizá no pueda prescindir de ella. Me parecería extraño que un día la dulzura y la ternura vinieran a golpear a mi puerta y me pidieran entrar. La violencia me mata, me desgasta, me ensucia y se alimenta de mí, pero con y por ella sobrevivo, de ella me alimento.

Usó la mano libre para hurgar en el bolsillo de los pantalones. Sujetaba con fuerza mis muñecas blancas, me dejó un momento y aferró con la otra mano el objeto sacado del bolsillo. Era una venda con la que fajó la parte superior de mi rostro cubriéndome los ojos.

—Así estás bellísima —dijo—, te estoy levantando la falda, hermosa puta, no hables y no grites.

Sentía sus manos entrando en mis bragas y sus dedos acariciando mi sexo. Luego me dio una bofetada violenta, que me hizo gemir de dolor.

—Eh, no... Te había dicho que no emitieras ninguna clase de sonido.

—Verdaderamente me habías dicho que no hablara ni gritara y sólo he gemido —susurré, consciente de que me castigaría por ello.

En efecto, me dio una bofetada aún más violenta, pero no emití ningún sonido.

—Bravo, Loly, bravo.

Se inclinó, sosteniéndome con firmeza y comenzó a

besarme los glúteos sobre los que había descerrajado tanta violencia. Cuando empezó a lamerme lentamente mi deseo de ser poseída creció, no podía detenerlo. Así, enarqué la espalda para hacérselo comprender.

Por respuesta me llegó otra bofetada.

—Cuando yo lo diga —ordenó.

Sólo podía percibir los sonidos y sus manos sobre mi cuerpo, me había privado de la vista y también del placer absoluto.

Me soltó las muñecas y se apoyó completamente sobre mí. Con ambas manos me aferró los senos, libres de cualquier constricción que pudiera envolverlos. Los aferró con fuerza, haciéndome daño, los apretaba con los dedos que parecían pinzas candentes.

—Despacio —susurré, con un hilo de voz.

—No, será como yo diga —y me soltó otra bofetada, violentísima. Mientras enrollaba la falda hasta las caderas, dijo—: Habría querido resistir más, pero no lo consigo. Me provocas demasiado y no puedo más que complacerte.

Con un sablazo me penetró a fondo, llenándome completamente de su deseo, de su pasión incontrolable.

Un orgasmo vigoroso, fortísimo, me arrolló el cuerpo y me abandoné contra el muro, arañándome la piel. Él me refrenaba y sentía su aliento cálido sobre mi cuello, su afán me producía bienestar.

Nos quedamos mucho tiempo de aquella manera, demasiado tiempo, un tiempo que habría querido eterno. Volver al coche fue volver a la realidad, fría y cruel, una realidad de la que, en aquel instante lo comprendí, era inevitable huir: él y yo, la unión de nuestras almas debía acabar allí, las circunstancias nunca permitirán que ninguno de los dos esté completa y espiritualmente el uno dentro del otro.

Durante el trayecto, detenidos en el tráfico que trastorna Catania por la noche, me miró, sonrió y dijo:

—Loly, te quiero.

Me cogió la mano, se la llevó a la boca y la besó. Loly, no Melissa. Él quiere a Loly, de Melisa ni ha oído hablar.

4 de abril

Diario:

Te escribo desde una habitación de hotel. Estoy en España, en Barcelona. Estoy de excursión con el colegio y me divierto bastante aunque la profe, cáustica y obtusa, me mira torcido cuando digo que no quiero visitar los museos, que en mi opinión son una pérdida de tiempo. Odio visitar un lugar sólo para conocer su historia, sí, OK, también es importante, pero ¿qué hago después con ella? Barcelona es muy bulliciosa y alegre, pero con una melancolía de fondo. Parece una mujer guapa, fascinante, con ojos profundos y tristes que te penetra el alma. Me parece. Querría poder vagar por las calles nocturnas repletas de locales y abarrotadas de gente variopinta, pero me obligan a pasar las veladas en una discoteca donde, con suerte, consigo conocer a alguien que aún no esté hecho polvo por el alcohol. No me gusta bailar, me fastidia. En mi habitación hay jaleo: una salta sobre la cama, otra sirve sangría, otra vomita en el váter. Ahora voy, Giorgio me arrastra de un brazo...

7 de abril

Penúltima jornada, no quiero regresar a casa. Ésta es mi casa, me siento a gusto, segura, feliz, comprendida por la gente de aquí, aunque no hablemos la misma lengua. Es reconfortante no oír el teléfono con una llamada de Fabrizio o de Roberto y tener que encontrar una excusa para no vernos. Es reconfortante hablar hasta tarde con Giorgio sin estar obligada a meterme en su cama y entregarle mi cuerpo.

¿Dónde has acabado, Narcisa que tanto te amabas y

tanto sonreías, tanto querías dar e igualmente recibir; dónde has acabado con tus sueños, tus esperanzas, tus locuras, locuras de vida, locuras de muerte; dónde has acabado imagen reflejada en el espejo, dónde puedo buscarte, dónde puedo encontrarte, cómo puedo retenerte?

4 de mayo

Hoy a la salida del colegio estaba Letizia. Vino a mi encuentro con el rostro redondo enmarcado por las grandes gafas de sol, muy similares a aquellas que veo en las fotos de mi madre de los años sesenta. Con ella iban dos chicas, claramente lesbianas.

Una se llama Wendy, tiene mi edad pero por sus ojos parece mucho mayor. La otra, Floriana, es apenas más joven que Letizia.

—Tenía ganas de verte —me dijo Letizia, mirándome a los ojos.

—Has hecho bien en venir, también yo tenía ganas —respondí.

En tanto, la gente salía del colegio y tomaba sitio entre los bancos de la plazoleta. Los chicos nos miraban con curiosidad y parloteaban riéndose entre ellos las «comadres de san Ilario», beatas, mordaces e ignorantes como nunca, nos miraban torciendo la nariz y los ojos. Me parecía oír sus frases: «Pero ¿has visto con quién va por ahí? Siempre he dicho que era extraña...», acaso mientras se arreglan la trencita que mamita les ha hecho aquella mañana antes de salir para el cole.

Letizia parecía haber comprendido mi malestar, así que dijo:

—Nosotras vamos a comer a la asociación, ¿quieres venir?

—¿Qué asociación? —pregunté.

—Gay-lesbiana. Tengo las llaves, estaremos solas.

Acepté, de modo que cogí mi moto y Letizia subió detrás pegando su pecho a mi espalda y su aliento a mi cuello. Nos reímos mucho por la calle, yo daba continuos bandazos porque no estoy habituada a llevar un paquete; ella le sacaba la lengua a las viejecitas mientras me ceñía la cintura con los brazos.

Parecía un mundo especial el que se presentó ante mis ojos cuando Letizia abrió la puerta. No era más que una casa, una casa que no era propiedad de nadie, sino de toda la comunidad gay. Estaba provista de todo y más; en la librería, junto a los libros, había un gran contenedor lleno de preservativos. Y en la mesa, revistas gays y revistas de moda, algunas de motores, otras de medicina. Un gato vagaba por las habitaciones y se frotaba contra todas las piernas y lo acaricié como acaricio a Morino, mi amado y bellísimo gato (que ahora está aquí, enroscado encima de mi escritorio, lo oigo respirar).

Teníamos hambre, así que Letizia y Floriana se ofrecieron para ir a comprar las pizzas en la tienda de comidas para llevar de la esquina. Cuando estaban a punto de salir, Wendy me miró con el rostro alegre y una sonrisa necia, caminaba como si estuviera saltando, parecía una especie de duende enloquecido. Tenía miedo de quedarme sola con ella, así que salí a la puerta y llamé a gritos a Letizia diciéndole que quería hacerle compañía. Me molestaba quedarme dentro. Mi amiga lo intuyó todo en seguida y con una sonrisa invitó a Floriana a regresar. Mientras esperábamos que las pizzas se cocieran, hablamos poco, luego dije:

—¡Joder, tengo los dedos helados!

Ella me miró maliciosa pero también irónicamente y dijo:

—Mmm... excelente información, ¡lo tendré en cuenta!

Mientras nos encaminábamos por la calle, de regreso, encontramos a un chico amigo de Letizia. Todo en él era tierno: el rostro, la piel, la voz. La dulzura infinita que tenía me produjo una gran felicidad interior. Entró con nosotras y durante un rato estuvimos hablando en el sofá mientras las demás preparaban la mesa. Me dijo que es empleado de banca, aunque su corbata, decididamente muy atrevida, daba la impresión de estar fuera de lugar en el frío mundo bancario. Por su voz parecía triste, pero me pareció indiscreto preguntarle qué le pasaba. Me sentía como él. Luego, Gianfranco se marchó y nos quedamos nosotras solas en torno a la mesa, charlando y riendo. O mejor, charlaba sólo yo, sin parar, mientras Letizia me miraba atenta y a veces desconcertada cuando hablaba de algún hombre con el que había estado en la cama.

Después me levanté y salí al jardín, ordenado pero no exactamente cuidado, donde había palmeras altas y extraños árboles de tronco espinoso y flores grandes y rojas en la copa. Letizia se reunió conmigo y me abrazó por detrás, mientras con los labios me rozaba el cuello con un beso.

Me volví instintivamente y encontré su boca: cálida, blanda y extremadamente suave. Ahora entiendo por qué a los hombres les agrada tanto besar a una mujer: la boca de una mujer es inocente, pura, mientras que los hombres que he encontrado siempre me han dejado con una estela viscosa de saliva, llenándome vulgarmente con la lengua. El beso de Letizia era distinto, era aterciopelado, fresco e intenso al mismo tiempo.

—Eres la mujer más hermosa que haya tenido nunca —me dijo, sujetándome la cara.

—También tú —respondí, y no sé por qué lo hice, ¡era superfluo decirlo ya que ella era mi única mujer!

Letizia ocupó mi puesto y esta vez era yo quien dirigía el juego, frotando mi cuerpo contra el suyo. La ceñí con fuerza y respiré su perfume, luego me condujo a la otra habitación, me bajó los pantalones y acabó la dulce tortura que había comenzado hacía semanas. Su lengua me enloquecía, pero la idea de tener un orgasmo en la boca de una mujer me hacía estremecer. Mientras su lengua me lamía, mientras ella estaba de rodillas debajo de mí, consagrada a mi placer, cerré los ojos y con las manos plegadas como las patitas de un conejo asustado, me vino a la mente el hombrecito invisible que hacía el amor conmigo en mis fantasías infantiles. El hombrecito invisible no tiene rostro, no tiene colores, es sólo un sexo y una lengua que uso para mi disfrute. En ese momento mi orgasmo llegó fuerte y jadeante, su boca estaba llena de mis humores y cuando abrí los ojos la vi, maravillosa sorpresa, con una mano dentro de la braguita retorciéndose por el placer que también a ella le llegaba, quizá más consciente y sincero de lo que había sido el mío.

Después nos recostamos en el sofá y creo que me

dormí un rato. Cuando el sol ya había bajado y el cielo estaba oscuro, me acompañó hasta la puerta y le dije:

—Lety, será mejor que no volvamos a vernos.

Asintió con la cabeza, sonrió levemente y dijo:

—También yo lo creo.

Nos intercambiamos un último beso. Mientras regresaba a casa en la moto me sentí usada por enésima vez, usada por alguien y por mis malos instintos.

18 de mayo

Me parece oír la voz cálida y tranquilizadora de mi madre contándome ayer, mientras estaba en cama con gripe, esta historia:

«Una cosa difícil y no deseada puede revelarse como un gran don. Sabes, Melissa, a menudo recibimos regalos sin saberlo. Este relato cuenta la historia de un joven soberano que asume el gobierno de un reino. Él era amado ya antes de convertirse en Rey y los súbditos, felices por su coronación, le llevaron numerosos dones. Después de la ceremonia, el nuevo Rey estaba cenando en su palacio. De pronto, alguien golpeó a la puerta. Los sirvientes salieron y encontraron a un viejo miserablemente vestido, con aspecto de mendigo, que quería ver al soberano. Hicieron lo posible por disuadirlo, pero fue inútil. Entonces el Rey salió a su encuentro. El viejo lo cubrió de alabanzas, diciéndole que era guapísimo y que todos en el reino estaban felices de tenerlo como soberano. Le había traído como obsequio un melón; el Rey detestaba los melones pero, para ser amable con el viejo, lo aceptó y le agradeció y el hombre se alejó contento. El Rey volvió al palacio y entregó el fruto a los sirvientes para que lo arrojaran al jardín.

»A la semana siguiente, a la misma hora, golpearon otra vez a la puerta. El Rey fue llamado de nuevo y el mendigo lo ensalzó y le ofreció otro melón. El Rey lo aceptó y saludó al viejo y, nuevamente, tiró el melón al jardín. La escena se repitió durante varias semanas: el Rey era demasiado amable para ofender al viejo o despreciar la generosidad de su obsequio.

»Luego, una tarde, precisamente cuando el viejo estaba a punto de entregar el melón al Rey, un mono saltó desde un pórtico del palacio e hizo caer el fruto de sus manos. El melón se partió en mil pedazos contra la fachada del palacio. Cuando el Rey miró, vio una lluvia de diamantes cayendo del corazón del melón. Ansiosamente, corrió al jardín trasero: todos los melones se habían podrido en torno a una colina de joyas.»

La detuve y le dije, exaltada por la historia:

—¿Puedo deducir yo la moraleja?

Me sonrió y dijo:

—Claro.

Respiré como respiro cada vez que me preparo para repetir la lección en la escuela:

—A veces las situaciones enojosas, los problemas o las dificultades esconden oportunidades de crecimiento: muy a menudo en el corazón de las dificultades brilla la luz de una piedra preciosa. Por eso es de sabios acoger lo que es enojoso y difícil.

Sonrió de nuevo, me acarició el pelo y dijo:

—Has crecido, pequeña. Eres una princesa.

Quería llorar pero me contuve: mi madre no sabe que los diamantes del Rey han sido para mí las desalmadas bestialidades de hombres zafios e incapaces de amar.

20 de mayo

Hoy el profe ha venido a buscarme otra vez a la salida del colegio. Lo estaba esperando y le di una carta junto con un par de braguitas especiales.

Estas bragas soy yo. Son el objeto que mejor me describe. ¿De quién podrían ser, tan de diseño, tan raras, con esos dos lacitos colgando, si no de una pequeña Lolita?

Más que pertenecerme, son mi cuerpo y yo.

Muchas veces he hecho el amor sin quitármelas, quizá nunca contigo, pero no importa... Esos lacitos obstruyen mis instintos y mis sentidos, son unos cordones que además de dejar su marca sobre la piel bloquean mis sentimientos... Imagina mi cuerpo semidesnudo llevando sólo estas braguitas: desatado un nudo, se liberará como un espíritu sólo una parte de mí, la Sensualidad. El espíritu del Amor está aún obstruido por el nudo del lado izquierdo. He aquí entonces que quien ha desatado la parte de la Sensualidad verá en mí solamente a la mujer, la niña, o genéricamente la hembra, en condiciones sólo de recibir sexo, nada más. Me posee sólo a medias y es, probablemente, lo que quiero en la mayoría de los casos. Cuando luego alguien desate sólo la parte del Amor también en ese caso daré únicamente una parte de mí, una parte mínima, aunque profunda. A lo largo de la vida, un día cualquiera quizá llegue ese carcelero que te ofrece ambas llaves para liberar tus espíritus: Sensualidad y Amor están libres y vuelan. Te sientes bien, libre y satisfecha y tu mente y tu cuerpo ya no piden nada, ya no te atormentan con sus solicitudes. Como un tierno secreto son liberados por una mano que sabe cómo acariciarte, que sabe hacerte vibrar, y el solo pensamiento de esa mano te llena de calor el cuerpo y la mente.

Ahora huele esa parte de mí que está exactamente en el centro, entre Amor y Sensualidad: es mi Alma que sale y se filtra a través de mis humores.

Tenías razón cuando me decías que he nacido para follar, como ves también mi Alma tiene ganas de sentirse deseada y emana su olor, el olor a hembra. Quizá la mano que ha liberado mis espíritus sea la tuya, profe.

Y me aventuro a decir que sólo tu olfato ha sido capaz de captar mis humores, mi Alma. No me regañes por esto, profe, si he perdido el equilibrio, siento que debo hacerlo porque al menos en el futuro no tendré el remordimiento de haber extraviado algo antes de haberlo aferrado. Esto chirría dentro de mí como una puerta mal aceitada, su ruido es ensordecedor. Cuando estoy contigo, entre tus brazos, yo y mis bragas estamos exentas de cualquier impedimento o cadena. Pero los espíritus en su vuelo han encontrado un muro: el horrendo e injusto muro del tiempo que pasa despacio para uno, rápido para la otra, una serie de cifras que nos mantienen a distancia. Espero que tu inteligencia matemática pueda ofrecerte algún instrumento para resolver la terrible ecuación. Pero no es sólo eso: tú conoces sólo una parte de mí, aunque hayas liberado dos. Y no es ésa la parte que querría dejar vivir, no sólo esa. Eres tú quien tiene que decidir si dar

un giro a nuestra relación, convertirla en más... «espiri-
tual», un poquito más profunda. Confío en ti.

Tuya,
Melissa

23 de mayo
15,14

¿Dónde está Valerio? ¿Por qué me ha dejado sin un beso?

29 de mayo
2,30

Lloro, diario, lloro de una alegría inmensa. Siempre he sabido que existían la alegría y la felicidad. Algo que he
buscado en tantas camas, en tantos hombres, incluso en
una mujer, que he buscado en mí misma y que después
he perdido por mi propia culpa. Y en el lugar más anóni-
mo y banal la he encontrado. Y no en una persona, sino
en la mirada de una persona. Giorgio, yo y un grupo fui-
mos al nuevo local que acaban de abrir justo debajo de
mi casa, a cincuenta metros del mar. Es un local árabe,

hay bailarinas del vientre en torno a las mesas, que danzan y sirven los pedidos, y luego los cojines por el suelo, las alfombras, la luz de las velas y el aroma a incienso. Estaba repleto, así que decidimos esperar que se liberara alguna mesa para ocupar nuestro sitio. Estaba apoyada en una farola, pensaba en la llamada de Fabrizio, que había acabado mal. Le dije que no quería nada de él, que no quería volver a verle.

Se puso a llorar y dijo que me lo daría todo, especificando qué: pasta, pasta y pasta.

—Si es eso lo que quieres darle a un ser humano, no soy yo quien deba recibirlo. De todos modos, te agradezco la oferta —exclamé, irónicamente. Luego le colgué y no atendí ninguna de sus llamadas y nunca más las atenderé, lo juro. Odio a ese hombre: es un gusano, es sucio, ya no quiero entregarme a él.

Pensaba en todo esto y en Valerio, tenía el ceño fruncido y los ojos fijos en un punto no identificable. Luego, apartándome de mis fastidiosos problemas, me encontré con su mirada que me observaba desde quién sabe cuánto tiempo, era leve y dulce. Lo miraba y me miraba a intervalos muy breves, apartábamos la mirada sin poder evitar que los ojos recayeran en sus ganas de mirar. Sus ojos eran profundos y sinceros, y esta vez no me ilusioné creando absurdas fantasías para hacerme daño y castigarme, esta vez lo creí realmente. Veía sus ojos, estaban allí, me miraban y parecían decirme que querían amarme, que me querían conocer de verdad. Poco a poco empecé a observarlo mejor: estaba sentado con las piernas cruzadas, un cigarrillo en la mano, dos labios carnosos, una nariz un poco pronunciada pero armoniosa y los ojos de un príncipe árabe. Lo que me estaba ofreciendo era para mí, sólo mío. No miraba a ninguna otra, me miraba a mí y no como cualquier hombre tiende a observar por la calle sino con sinceridad y honestidad. No sé por qué oscuro motivo se me escapó una carcajada demasiado fuerte, no podía contenerme. La felicidad era tan grande que no podía limitarse a una sonrisa. Giorgio me miraba divertido, me preguntaba qué me ocurría. Con un gesto de la mano le dije que no se preocupara y me abracé a él para justificar mi repentina explosión. Me volví nuevamente y advertí que me sonreía dejando a la vista sus espléndidos dientes blancos. Fue entonces cuando me calmé y me dije: «Por favor, Melissa, déjalo escapar, ¿eh? Hazle ver que eres una estúpida, una deficiente y una ignorante... y sobre todo, hazlo en seguida, ¡no lo hagas esperar!».

Mientras pensaba esto, una chica pasó junto a él y le acarició el pelo. La miró durante un mísero instante y luego se movió un poco para verme mejor.

Giorgio me distrajo:

—Meli, vamos a otro sitio. Me muero de hambre, no puedo esperar más.

—Venga, Giorgino, otros diez minutos, vamos, verás que se vacía... —le respondí, porque no quería apartarme de aquella mirada.

—¿A qué vienen tantas ganas de quedarte aquí? ¿Algún tío a la vista?

Sonreí un poco y asentí.

Él suspiró y dijo:

—Hemos hablado mucho de esto. Melissa, vive tranquila durante un tiempo, las cosas buenas llegarán solas.

—Esta vez es distinto. Quedémonos... —le decía, como una niñita mimada.

Suspiró otra vez y dijo que ellos se darían una vuelta por los locales vecinos, si había sitio en los otros no se discutía, tendría que seguirlos.

—¡OK! —dije, segura de que a aquella hora no encontrarían sitio ni de casualidad.

Los vi entrar en la heladería de las sombrillas japonesas sobre las mesas y me volví a apoyar en la farola, tratando de no mirarlo. De repente lo vi levantarse y pienso que debí de ponerme violeta; no sabía qué hacer, estaba totalmente azorada. Así que salí a la calle y fingí que esperaba a alguien, observando todos los coches que llegaban. Y mis pantalones de seda de la India revoloteaban acompañando a la ligera brisa del mar.

Oí su voz cálida y profunda a mis espaldas. Dijo:

—¿Qué esperas?

De pronto, pensé en una vieja cantinela que leí de pequeña en una fábula que mi padre me trajo de uno de sus viajes. De manera espontánea e inesperada la pronuncié volviéndome hacia él:

—Espero, espero, en la oscura noche, y abro la puerta si alguien golpea. Después de la mala viene la buena, y viene aquel que artes no tiene.

Nos quedamos en silencio, con la expresión seria. Luego rompimos a reír. Me ofreció su mano suave y se la estreché ligeramente, pero con determinación.

—Claudio —dijo, mirándome a los ojos.

—Melissa —conseguí decir, no sé cómo.

—¿Qué era eso que decías antes?

—¿Qué...? Ah, sí, ¡antes! Es la cantinela de una fábula, la conozco de memoria desde que tenía siete años.

Movió la cabeza como para decir que había entendido. Otra vez silencio, un silencio de pánico. Un silencio interrumpido por mi simpático y torpe amigo que llegaba a la carrera diciendo:

—Despistada, vámonos, hemos encontrado sitio y te estamos esperando.

—Tengo que marcharme —susurré.

—¿Puedo llamar a tu puerta? —dijo él, también quedamente.

Lo miré asombrada por tanta audacia que no era presunción, sólo voluntad de que todo no acabara allí.

Asentí con los ojos un poco empañados y dije:

—Me encontrarás a menudo por esta zona, vivo justo aquí arriba —señalándole mi balcón.

—Entonces te dedicaré una serenata —bromeó, guiñándome el ojo.

Nos despedimos y no me volví a mirarlo, aunque quería hacerlo, porque tenía miedo de estropearlo todo.

Luego Giorgio me preguntó:

—¿Quién era ése?

Sonreí y dije:

—Es el que viene y artes no tiene.

—¿Qué? —exclamó.

Sonreí otra vez, le pellizqué las mejillas y dije:

—Pronto lo descubrirás, tranquilo.

¡Nada de bromas, diario! ¡Me ha dedicado de verdad una serenata! La gente pasaba y miraba con curiosidad, yo desde el balcón reía como una loca mientras un hombre gordo y rubicundo tocaba una guitarra un poco estropeada y él cantaba, desafinado como una campana, pero irresistible. Tan irresistible como la canción que me colmó los ojos y el corazón. Es la historia de un hombre que ante el recuerdo de su amada no consigue dormir y la melodía es desgarradora y delicada. Dice más o menos así:

Mi votu e mi rivotu suspirannu
passu li notti 'nteri senza sonnu,
e li biddizzi tò vaju cuntimplannu,
tipenzu di la notti fino a jornu.
Pi tia non pozzu n'ura ripusari,
paci non havi chiù st'afflittu cori.
Lu vò sapiri quannu t'aju a lassari?
Quannu la vita mia finisci e mori.

Doy vueltas y más vueltas suspirando / paso todas las noches insomne, / contemplando tu belleza, / pienso en ti de la noche al día. / Por ti no puede reposar ni una hora, / no tiene paz mi afligido corazón. / ¿Quieres saber cuándo te dejaré? / Cuando la vida mía acabe y muera. (*N. del T.*)

¿Quieres saber cuándo te dejaré? Cuando mi vida acabe y muera...

Fue todo un gesto, un sutil cortejo tradicional, banal si se quiere, pero perfumado.

Cuando acabó grité desde el balcón, sonriendo:

—¿Y qué hay que hacer ahora? Si no me equivoco, para aceptar el cortejo habría que encender la luz de la habitación y si, por el contrario, no quiero, debería entrar y apagarla.

No respondió pero supe qué debía hacer. En el pasillo me crucé con mi padre (¡casi lo atropello!) que me preguntaba con curiosidad quién era ése que cantaba abajo. A carcajadas le respondí que ni yo lo sabía.

Bajé a la carrera por las escaleras, tal como me encontraba, en pantalón corto y camiseta, abrí el portón y luego me quedé cortada. ¿Debía correr a su encuentro y abrazarlo con fuerza o, al contrario, sonreírle, feliz, y agradecerle con un apretón de manos? Me quedé parada en el portón y comprendió que nunca me acercaría si no había una señal, así que él la hizo por mí.

—Pareces un polluelo asustado... Perdóname si he sido indiscreto, pero ha sido más fuerte que yo.

Me abrazó con delicadeza y yo dejé mis brazos colgando a los costados, incapaz de imitar su gesto.

—Melissa... ¿Me permites que te invite a cenar esta noche?

Asentí con la cabeza y le sonreí, luego lo besé suavemente en la mejilla y volví a subir.

—Pero ¿quién era? —preguntó mi madre con curiosidad.

Me encogí de hombros:

—Nadie, mamá, nadie...

12,45 de la noche

Hablamos de nosotros, nos dijimos más de lo que había imaginado decir y oír. Tiene veinte años, estudia letras modernas, tiene esa expresión inteligente y viva en el rostro que lo hace increíblemente fascinante. Lo escuchaba con atención, me gusta mirarlo cuando habla. Siento un estremecimiento en la garganta, en el estómago. Me siento doblada sobre mí misma como el tallo de una flor, pero no estoy rota. Claudio es benigno, sosegado y tranquilizador. Me dijo que había conocido el amor, pero que luego se le había escapado de las manos.

Pasando un dedo por el borde de la copa me preguntó:

—¿Y tú? ¿Qué me cuentas de ti?

Me abrí, abrí una pequeña rendija de luz que rasgó la densa niebla que me envuelve el alma. Le conté algo de mí y de mis historias infelices, pero sin mencionar en absoluto mi deseo de descubrir y encontrar un sentimiento verdadero.

Me miró con ojos atentos, tristes y serios, y dijo:

—Me alegra que me hayas contado tu pasado. Confirma la idea que me he hecho de ti.

—¿Qué idea? —pregunté, asustada de que me acusara de ser demasiado fácil.

—Que eres una chica, perdona, una mujer, que ha atravesado por situaciones difíciles para convertirse en lo que es, para asumir esa mirada y hacerla penetrar a fondo. Melissa, nunca he conocido una mujer como tú... paso de sentir una ternura afectuosa a padecer una fascinación misteriosa e irresistible.

Su discurso estaba escandido por largos silencios durante los cuales me ofrecía sus ojos y luego continuaba.

Sonreí y dije:

—Aún no me conoces tan bien como para decir eso. Podrás experimentar sólo uno de esos sentimientos que has dicho, o ninguno.

—Sí, es verdad —dijo después de haberme escuchado con atención—, pero me gustaría conocerte mejor, ¿me lo permites?

—¡Por supuesto, por supuesto que te lo permito! —le dije, aferrándole la mano apoyada sobre la mesa.

Me parecía estar en un sueño, diario, un sueño bellísimo, sin fin.

1,20

Acabo de recibir un mensaje de Valerio, dice que quiere verme. Pero pienso en él con distanciamiento. Lo sé, me bastaría hacer el amor una última vez con el profe para darme cuenta de qué quiero de verdad y quién es Melissa de verdad: un monstruo o una persona en condiciones de dar y recibir amor.

10 de junio

¡Qué bien, ha acabado el colegio! Este año los resultados han sido bastante decepcionantes, yo me he esforzado poco y mis profesores apenas se han preocupado por entenderme. De todos modos, he logrado la promoción, han evitado destruirme definitivamente.

Hoy por la tarde he visto a Valerio, me ha pedido que me reuniera con él en el bar Epoca. Salí a la carrera, pensando que ésta era la ocasión de entenderme a mí misma. Al llegar, frené de golpe, haciendo chirriar los neumáticos en el asfalto, y atraje la atención de todos. Valerio estaba sentado a una mesa, solo, y observaba todos mis movimientos, sonriendo y sacudiendo la cabeza. Traté de mantener el tipo caminando despacio y asumiendo una expresión seria.

Me dirigí contoneándome a su mesa y cuando estuve cerca de él me dijo:

—Loly, ¿no has visto cómo te miraban todos cuando caminabas?

Sacudí la cabeza y respondí que no.

—No siempre devuelvo las miradas.

Llegó un hombre por detrás de Valerio, con aire misterioso y un poco huraño, al que me presentó diciendo que se llamaba Flavio. Lo miré escrutándolo con atención. Él interrumpió mi indagación diciendo:

—Tu chiquilla tiene unos ojos demasiado maliciosos y demasiado hermosos para su edad.

No dejé que Valerio respondiera y tomé la palabra:

—Tienes razón, Flavio. ¿Seremos nosotros tres o habrá más?

Voy a lo esencial, diario, no me van las palabritas de

circunstancias y las sonrisas cuando el objetivo es sólo uno y siempre el mismo.

Un poco incómodo, Flavio miró a Valerio, que dijo:

—Es caprichosa, pero te conviene hacer lo que dice.

—Mira Melissa —continuó Flavio—, Valerio y yo teníamos la intención de incluirte en una velada especial. Me ha hablado de ti, tu edad me ha cortado un poco pero después de saber cómo eres... bueno, he cedido y tengo una gran curiosidad por verte manos a la obra.

Dije sencillamente:

—¿Cuántos años tienes, Flavio?

Me respondió que tenía treinta y cinco. Asentí, creía que tenía más pero me fié.

—¿Cuándo sería esta velada especial? —pregunté.

—El próximo sábado, a las diez, en un palacete junto al mar. Vendré a buscarte yo, junto con Valerio, claro...

—Siempre que yo acepte —lo atajé.

—Por supuesto, siempre que aceptes.

Algunos segundos de silencio y luego pregunté:

—¿Debo ponerme algo en especial?

—Basta con que no se note demasiado tu edad. Todos creen que tienes dieciocho —respondió Flavio.

—¿Todos, quiénes? ¿Cuántos son? —le pregunté a Valerio.

—Ni siquiera nosotros sabemos el número exacto, más o menos cinco parejas garantizadas. Ahora no sabemos si habrá más gente.

Decidí participar. Lo siento por Claudio, pero no estoy segura de que alguien como yo pueda ser buena para amarlo, no creo que sea yo quien lo haga feliz.

15 de junio

No, no soy la chica que lo hará feliz. No lo merezco. Mi teléfono sigue sonando con sus llamadas y sus SMS. Lo abandono. No le respondo, lo ignoro por completo. Se cansará y buscará la felicidad en otra parte. ¿Y entonces, por qué este miedo?

17 de junio

En silencio, entre diálogos breves y esporádicos, nos hemos encaminado hacia el lugar en que se había fijado la cita. Era una villa pequeña fuera de la ciudad, del otro lado de la costa, donde los escollos se resquebrajan convirtiéndose en arena. El lugar era bastante desierto y la casa estaba bastante aislada. Entramos a través de un alto portón de hierro y conté los coches aparcados en el sendero: había seis.

—Bomboncito, hemos llegado.

Flavio me irrita a muerte con estas expresiones... ¿quién coño lo conoce? Cómo se permite llamarme dulcísima, querida, pequeña... ¡lo estrangularía!

Nos abrió la puerta una mujer de más o menos cuarenta años, fascinante y perfumada. Me escrutó de arriba abajo y dirigió una mirada de asentimiento a Flavio, que sonrió levemente. Atravesamos un largo pasillo en cuyas paredes se exponían unos grandes cuadros abstractos. Cuando entramos en el salón sentí un profunda vergüenza porque decenas de miradas se dirigieron hacia mí: la mayoría eran hombres, encorbatados y distinguidos, alguno tenía un antifaz que le cubría el rostro, pero la mayor parte llevaba el rostro descubierto. Algunas mujeres se me acercaron y me hicieron preguntas a las cuales respondí con una serie de mentiras pactadas de antemano con Valerio. El profe vino a mi lado y me susurró:

—No veo la hora de empezar... quiero lamerte y estar dentro de ti durante toda la noche y luego mirarte mientras lo haces con los demás.

En seguida pensé en Claudio: él nunca desearía verme en la cama con otro.

Flavio me trajo un vaso de crema de whisky, que me hizo recordar otro episodio... Fui hasta el piano, quería rememorar cómo me había sacudido de encima también a Roberto. Lo amenacé con contarle todo a su novia si no dejaba de llamarme y que debía decir a sus amigos que mantuvieran la boca cerrada respecto de mí. Ha funcionado, ¡no he vuelto a tener noticias suyas!

En un momento dado, se me acercó un hombre de unos treinta años que caminaba con pasos livianos, como si volase. Tenía un par de gafas redondas delante de dos grandes ojos de un azul verdoso en un rostro marcado pero bello.

Me estudió con atención y luego dijo:

—Hola, ¿eres tú ésa de la que tanto se ha hablado?

Lo miré, interrogativa, y dije:

—Depende a qué te refieras... ¿de qué se ha hablado en particular?

—Bueno... sabemos que eres muy joven, aunque personalmente no me creo que hayas hecho los dieciocho. Y no porque no los demuestres sino porque lo siento... De todos modos, me han dicho que has participado muchas veces en veladas como ésta, pero sólo con hombres...

Me ruboricé y quise profundizar:

—¿Quién te lo ha dicho? —pregunté.

—Bah... qué importancia tiene, los rumores van y vienen... eres una bella zorrita, ¿eh? —sonrió.

Traté de mantener la calma y seguir el juego para no estropearlo todo.

—Nunca me han gustado los esquemas. Acepté hacerlo porque me apetecía...

Me miró sabiendo perfectamente que estaba mintiendo y afirmó:

—Si es que los esquemas existen, puede que sean variados: hay personas cuyo esquema es lineal y ordenado; para otras, es un capricho rococó...

—Entonces el mío es una mezcla... —dije, fascinada por su respuesta.

Valerio se acercó y me dijo que me reuniera con él en el sofá.

Hice una seña con la cabeza al hombre, evitando despedirme porque, casi con total seguridad, en medio de la velada acabaríamos uno dentro del otro.

En el sofá había un joven cachas y dos mujeres bastante vulgares, con un maquillaje excesivo y chillón y cabelleras rubio platino.

El profe y yo estábamos en el centro de este gran sofá, con una mano él comenzó a acariciarme un pecho por debajo de la camiseta, conduciéndome en seguida a la vergüenza y la turbación.

—Venga, Valerio... ¿tenemos que empezar precisamente nosotros?

—¿Y por qué no, te disgusta? —me preguntó, mordiéndome el lóbulo de la oreja.

—No, no lo creo... tiene el deseo impreso en la cara —dijo, con insolencia, el cachas.

—¿En qué lo notas? —pregunté, desafiante.

No respondió, sólo metió una mano bajo mi falda, entre los muslos, besándome con vehemencia. Empezaba a soltarme, esa necia violencia me estaba arrastrando de nuevo. Levanté un poco las nalgas para llegar a besarlo y el profe aprovechó para acariciarme el culo primero despacio y con suavidad, para luego transformar sus gestos poco a poco: decididos y calientes. La gente ya no existía para mí, aunque estaban allí mirándome, esperando que alguno de los dos hombres que estaban a mi lado me penetrase. Mientras el cachas me besaba, una de las dos mujeres le ciñó el torso y lo besó en la nuca. En un momento dado, Valerio me levantó la falda: todos estaban admirando mi culo y mi sexo aireados sobre un diván desconocido entre gente desconocida. Tenía la espalda arqueada y me estaba ofreciendo completamente a él mientras el tipo que estaba delante de mí me aferraba las tetas y las apretaba con fuerza.

—Mmmm, hueles como un melocotón verde —dijo

un hombre que vino olerme—, eres suave y lisa como un melocotón recién lavado, fresco.

El melocotón verde madurará. Y primero perderá su color, después su sabor, más tarde su piel será blanda y arrugada. Al final se pudrirá y los gusanos chuparán toda su pulpa.

Abrí desmesuradamente los ojos, me ruboricé, me volví de golpe hacia el profesor y dije:

—Vámonos, no quiero.

Sucedió justo en el momento en que mi cuerpo se estaba abandonando completamente... Pobre Flavio, pobre cachas, pobres todos y pobre yo. Los dejé a todos y a mí misma de piedra, me arreglé de prisa y, con lágrimas en los ojos, corrí por el largo pasillo, abrí la puerta de entrada y fui hacia el coche aparcado en la callejuela. Tenía los cristales completamente empañados por culpa de la densa bruma que lo envolvía todo: a la casa y a mí.

Durante el trayecto no hubo ni una palabra. Sólo cuando llegué debajo del portón de casa dije:

—Aún no me has dicho nada de la carta.

Un largo silencio y luego apenas un:

—Adiós, Lolita.

20 de junio
6,50

Apoyé los labios en el auricular y oí su voz apenas salida del sueño.

—Quiero vivirte —susurré con un hilo de voz.

24 de junio

Ahora es de noche, querido diario, y estoy en la terraza de casa, observando el mar.

Está calmo, quieto y dulce. El calor tibio atenúa las olas y siento a lo lejos su rumor, pacífico y delicado... La luna está un poco escondida y parece observarme con mirada compasiva e indulgente.

Le pregunto qué puedo hacer.

Ella me dice que es difícil quitarse los grumos del corazón.

Mi corazón... no me acordaba de que tenía uno. Quizá nunca lo haya sabido.

Una escena conmovedora en el cine nunca me ha conmovido, una canción intensa nunca me ha emocionado y en el amor siempre he creído a medias, considerando que era imposible conocerlo de verdad. Nunca he sido cínica, no. Sencillamente nunca nadie me ha enseñado a liberar el amor que tenía escondido, oculto de todos. Estaba en alguna parte, había que sacarlo... Y yo lo busqué proyectando mi deseo en un universo en donde el amor está desterrado. Y nadie, digo nadie, me ha cerrado el paso diciendo: «No, pequeña, por aquí no se pasa».

Mi corazón ha estado encerrado en una celda helada y era peligroso destruirla con un golpe decidido: el corazón habría quedado tocado para siempre.

Pero luego llega el sol, no este sol siciliano que quema, que escupe fuego, que aviva incendios, sino un sol benigno, discreto y generoso, que disuelve el hielo, despacio, evitando así inundar de golpe mi alma árida.

Al principio me pareció obligatorio preguntarle cuándo haríamos el amor pero luego, en el momento en que estaba a punto de hacerlo, me mordí los labios. Él comprendió que había algo que no marchaba y me preguntó:

—¿Qué pasa, Melissa?

Me llama por mi nombre, para él soy Melissa, soy la persona, la esencia, no el objeto y el cuerpo.

Sacudí la cabeza:

—Nada, Claudio, de veras.

Entonces me cogió una mano y la apoyó sobre el pecho.

Cogí aliento y balbucí:

—...Me preguntaba cuándo querrías hacer el amor...

Se quedó en silencio y yo moría de vergüenza; sentí que las mejillas se ruborizaban.

—No, Melissa, no, tesoro... No seré yo quien decida cuándo haremos el amor, lo decidiremos juntos, si lo hacemos y cuándo. Pero seremos tú y yo, juntos —sonrió.

Lo miraba estupefacta y él comprendió que mi mirada absorta le pedía que continuara.

—Porque, mira... cuando dos personas se unen físicamente es el colmo de la espiritualidad, y eso sólo se puede alcanzar si se aman. Es como si un torbellino envolviera los cuerpos y entonces nadie es él mismo, sino que uno está dentro del otro de la manera más íntima, más interior, más hermosa.

Aún más asombrada, le pregunté qué quería decir.

—Que te quiero, Melissa —respondió.

¿Por qué este hombre conoce tan bien aquello que hasta hace pocos días creía imposible de encontrar? ¿Por qué la vida hasta ahora me ha reservado perversidad, inmundicia y desconsideración? Este ser extraordinario puede tenderme la mano y levantarme del pozo estrecho y fétido en el cual me he acurrucado, asustada... Luna, ¿en tu opinión, puede hacerlo?

Es difícil quitar los grumos del corazón. Pero quizá

el corazón pueda latir tanto como para romper en mil pedazos la coraza que lo rodea.

Siento los tobillos y las muñecas atados por una cuerda invisible. Estoy suspendida en el aire y alguien desde abajo tira y aúlla con voz infernal, otro tira desde arriba. Yo doy tumbos y lloro, a veces toco las nubes, otras veces los gusanos. Me repito mi nombre: Melissa, Melissa, Melissa... como una palabra mágica que puede salvarme. Me agarro a mí misma, me prendo de mí.

7 de julio

He vuelto a pintar las paredes de mi cuarto. Ahora es azulado y sobre mi escritorio ya no está la mirada lánguida de Marlene Dietrich, sino una foto mía con la cabellera al viento mientras observo tranquila las barcas calcáreas en el puerto. Detrás de mí está Claudio, que me ciñe la cintura apoyando delicadamente las manos sobre mi camiseta blanca, y los ojos bajos, concentrados en mi hombro, que está besando. No parece prestar atención a las barcas, parece que se hubiera perdido en la contemplación de nosotros.

Una vez tirada la foto me susurró al oído:

—Melissa, te amo.

Entonces apoyé una mejilla en la suya, respiré con fuerza para saborear el momento y me volví. Cogí su rostro entre las manos, lo besé con una delicadeza hasta entonces desconocida y susurré:

—También yo te amo, Claudio...

Un estremecimiento y un calor febril me recorrieron el cuerpo hasta que me abandoné completamente entre sus brazos y él me estrechó con más fuerza besándome con una pasión que no era deseo de sexo, sino de otra cosa, de amor.

Lloré mucho, como no había hecho delante de nadie.

—Ayúdame, amor mío, te lo ruego —imploré con fuerza.

—Estoy aquí por ti, estoy aquí por ti... —dijo, mientras me abrazaba como ningún hombre me había nunca estrechado.

13 de julio

Hemos dormido en la playa, abrazados el uno al otro. Nos hemos dado calor con nuestros brazos y su nobleza de ánimo y su respeto me han hecho temblar de miedo. ¿Seré capaz de recompensarlo por tanta belleza?

24 de julio

Miedo, mucho miedo.

30 de julio

Yo escapo y él me alcanza. Y es tan dulce sentir sus manos que me estrechan sin oprimirme... Lloro a menudo y cada vez que lo hago él me estrecha, respira en mi pelo y yo apoyo mi rostro en su pecho. La tentación es huir y volver a caer en el abismo, recorrer el túnel y no salir nunca jamás de él. Pero sus brazos me sostienen y me fío de ellos y aún puedo salvarme...

Lo deseo con una fuerza vibrante, no puedo prescindir de su presencia. Me abraza y me pregunta que de quién soy.

—Tuya —le respondo—, completamente tuya.

Me mira a los ojos y me dice:

—Pequeña, no te hagas más daño, te lo ruego. Me lo harías también a mí.

—Nunca te haría daño —le digo.

—No debes hacerlo por mí, sino por ti. Tú eres una flor, no dejes que te sigan vilipendiando.

Me besa deshojándome suavemente los labios y me llena de amor.

Sonrío, soy feliz. Me dice:

—Eso, ahora debo besarte, debo robarte esta sonrisa y estamparla para siempre en mis labios. Me haces enloquecer, eres un ángel, una princesa, querría dedicar toda la noche a amarte.

En una cama blanca y nítida nuestros cuerpos se adhieren perfectamente, su piel y la mía se unen y juntos nos convertimos en fuerza y dulzura. Nos miramos a los ojos mientras él se desliza dentro de mí, despacio, sin hacerme daño porque dice que mi cuerpo no debe ser violado, sólo amado. Lo ciño con los brazos y las piernas, sus suspiros se unen a los míos, sus dedos se entrelazan con los míos y su placer se confunde inexorablemente con el mío.

Me duermo sobre su pecho, mis largos cabellos le cubren el rostro pero él es feliz y me besa en la cabeza cien veces y otras cien.

—Prométeme... prométeme una cosa: no nos perderemos nunca, prométemelo —le susurro.

Aún silencio, me acaricia la espalda y siento unos estremecimientos irresistibles, entra nuevamente dentro de mí mientras yo hundo mis caderas pegándome a las suyas.

Y mientras me muevo despacio dice:

—Hay dos condiciones para que tú no puedas perderme y yo no pueda perderte. No deberás sentirte prisionera ni de mí ni de mi amor, ni de mi afecto, de nada. Tú eres un ángel que debe volar libre, nunca deberás permitirme ser el único objetivo de tu vida. Serás una gran mujer como también ahora lo eres.

Mi voz rota por el placer le pregunta cuál es la segunda condición.

—Que no te traiciones nunca, porque traicionándote te harás daño y me lo harás a mí. Te amo y te amaré aunque nuestros caminos se separen.

Nuestros placeres se funden y no puedo menos que estrechar fuerte a mi Amor, no dejarlo nunca jamás.

Me vuelvo a dormir, agotada, la noche transcurre y la mañana me despierta con el sol cálido y luminoso. Sobre la almohada hay un nota suya:

> *Que tengas en la vida la más alta, plena y perfecta felicidad, maravillosa criatura. Y que yo pueda formar parte de ella contigo, mientras tú quieras. Porque... sábelo desde ahora: lo querré siempre, incluso cuando ya no te vuelvas para mirarme. He ido a buscarte el desayuno, en seguida vuelvo.*

Con un solo ojo abierto observo el sol, los sonidos llegan tenues a mis oídos. Las barcas de los pescadores están comenzando a atracar después de una noche pasada en el mar. Un viaje a lo desconocido. Una lágrima me atraviesa el rostro. Sonrío cuando su mano roza mi espalda desnuda y me besa en la nuca. Lo miro. Lo miro y comprendo, ahora sé.

Ha concluido mi viaje por el bosque, he conseguido escapar de la torre del ogro, de las garras del ángel tentador y de sus diablos, he huido del monstruo andrógino. Y he acabado en el castillo del príncipe árabe, que me ha esperado sentado en un cojín mullido y aterciopelado. Me ha hecho quitarme mis ropas gastadas y me ha dado trajes de princesa. Ha llamado a las doncellas y me ha hecho peinar, luego me ha besado en la frente y ha dicho que me observaría mientras dormía. Luego, una noche, hemos hecho el amor y, cuando regresé a casa, vi mi cabello aún reluciente y el maquillaje intacto. Una princesa, como dice siempre mi madre, tan bella que incluso los sueños quieren robarla.

Índice

Este libro ha sido impreso en los talleres
de Novoprint S.A.
C/ Energía, 53 Sant Andreu de la Barca
(Barcelona)